Peter Boge
Buchmanns Märchen
Zweiter Band

Peter Boge

Buchmanns Märchen

Zweiter Band

Impressum

Bibliografische Information der Deutschen Nationalbibliothek: Die Deutsche Nationalbibliothek verzeichnet diese Publikation in der Deutschen Nationalbibliografie; detaillierte bibliografische Daten sind im Internet über http://dnb.dnb.de abrufbar.

www.peter.boge.com.gt
Weitere Mitwirkende: Friedrich Buchmann

Verlag: BoD · Books on Demand GmbH, Überseering 33, 22297 Hamburg, bod@bod.de

Druck: Libri Plureos GmbH, Friedensallee 273, 22763 Hamburg

ISBN: 978-3-7693-7626-5

Inhaltsverzeichnis

I

III

Der Wassergeist

Die Haustür des Bauernhauses ging auf und die mollige Schäferin kam mit einem leeren Eimer heraus, um Wasser zu holen, doch der Brunnen war leer. Erschrocken ließ sie den Eimer fallen und rannte zum Stall, indem ihr Mann nach den Tieren sah und rief außer Atem: „Mann! Unser Brunnen ist ausgetrocknet!"

„Das kann doch gar nicht sein!", rief er zurück, stapfte unwillig zum Brunnen und sah, dass seine Frau die Wahrheit gesagt hatte. Im Brunnen war kein Tröpfchen Wasser mehr.

„Was machen wir nun?", dachte der Schäfer bekümmert.

„Hallo, Schäfer! Hallo, Schäfer!", rief der Bauer von Nachbargrundstück, kam herüber und fragte: „Habt ihr auch kein Wasser mehr? Sogar der kleine Bach, der an meine Wiese grenzt, ist ausgetrocknet. Ich vermute, dahinter steckt ein Wasserteufel."

Der Schäfer wusste, über diese Gestalten Bescheid und sagte: „Ja, ja! Wasserteufel leben in sehr tiefen Höhlen, wo sie das klare Wasser sammeln und es nicht weg fließen lassen, bis sie in eine andere Gegend wandern und dass kann dauern. Die Kerle tauchen angeblich so furchtbar gern."

Der Bauer meinte jetzt ganz aufgeregt: „Einen halben Tagesmarsch von hier gibt es eine Sandsteinhöhle. Wir müssen dorthin, um nachzusehen."

Der Schäfer holte sein Gewehr und dann zog er mit dem Bauern los.

Die Frau des Schäfers ging besorgt ins Haus zurück und erschrak an der Türschwelle, fing sich jedoch schnell wieder, da sie kein Hasenfuß war und trat ins Haus. Am runden Tisch in der Stube saß ein fürchterlich aussehendes Männlein, das wohl auf die Hausfrau gewartet hatte und fragte spöttisch: „Dein Kessel über dem Herd ist leer. Habt ihr kein Wasser?"

Die Schäferin fragte daraufhin beherzt: „Wer bist du und wie kommst du in unser Haus?"

„Ich bin der Geist des Wassers. Deinen Brunnen und den kleinen Bach an der Wiese habe ich verhext. Ihr müsst von diesem Hof verschwinden und euch eine neue Bleibe suchen, wo es Wasser gibt. Alle werden sterben, das gesamte Dorf mit Mann und Maus!"

„Warum hast du das gemacht?", fuhr ihn die Schäferin barsch an.

„Dein Mann hat mich vertrieben, als ich neulich ein Schaf von euch haben wollte und der Bauer gab mir kein Schwein. Das ist die gerechte Strafe! Jetzt müsst ihr verdursten."

Die Worte verklangen in einer Nebelwolke. Der Wassergeist war verschwunden.

„Was soll nur aus uns werden?", jammerte die Schäferin.

Zur gleichen Zeit hatten der Schäfer und der Bauer den Eingang der Sandsteinhöhle erreicht. Doch auch die Höhle führte kein Wasser. So liefen sie zurück zum Schäferhof.

Die Frau des Schäfers erzählte den beiden sogleich, dass der Wassergeist bei ihr gewesen war und er an allem Schuld sei.

„Ja", sagte der Schafhirte, „den Geist kenne ich. Er wollte vor einigen Tagen ein Schaf von mir haben, aber er wollte nichts dafür bezahlen und da habe ich ihn weggeschickt."

„Bei mir wollte er ein Schwein, auch ohne zu bezahlen. Da habe ich ihn davongejagt", erzählte der Bauer.

Wie die drei so am Tische in der Stube über die ganze Sache nachgrübelten, klopfte es plötzlich an die Tür. Draußen stand eine Kutsche und der Kutscher fragte den Schäfer, ob er seine Pferde tränken dürfe?

„Leider haben wir kein Wasser. Der Wassergeist hat unseren Brunnen und den kleinen Bach verhext", antwortete der Schäfer traurig, bat den Mann jedoch einzutreten und Platz zu nehmen, damit er sich etwas ausruhen möge. Der Kutscher trat dankend ein und stellte eine Flasche roten Wein auf den Tisch, was alle sehr verwunderte. Doch die Hausfrau holte, ohne Fragen zu stellen Gläser und goss das köstliche Getränk ein. Inzwischen nahm der Kutscher seinen Hut vom Kopf, setzte sich, prostete den dreien zu und begann zu erzählen: „Das gleiche, was euch geschehen ist, geschah vor etwa drei Jahren im Tal der Buchen. Dort hatte er auch den Landstrich austrocknen wollen. Es war Hochsommer. Die Menschen hatten viele Tage kein Wasser. Fast alle Tiere starben, auch die Felder vertrockneten. Man erzählt sich, ein Talbewohner wäre damals einem Wasserteufel begegnet, der sich in der Gegend herumtrieb. Diese Wesen verweilen meist nie lange an einem Ort und nehmen sich nur soviel Wasser, wie sie brauchen, aber nie alles. Es ergab sich also, dass sie ein Stück des Weges gemeinsam wanderten und in einem Wirtshaus einkehrten. Dort tranken sie drei Flaschen roten Weines, da es kein Wasser gab. Der betrunkene Talbewohner klagte ihm irgendwann sein Leid. Da lachte der Wasserteufel, freute er sich doch, seinen Rivalen wieder einmal vertrieben zu sehen und gab dem Manne den Rat, den Wassergeist in einen gefüllten Eimer blicken zu lassen. Der Anblick würde ihn vernichten. Beherzte Bewohner hatten sich aufgemacht und sind unter großen Mühen zum großen Fluss gegangen. Alles war dann so gekommen, wie der Wasserteufel vorhergesagt hatte. Und fortan führten die Brunnen und Flüsse wieder das kostbare Nass. Dort hat man den Wassergeist übrigens nie mehr gesehen."

„Ein Wassergeist, der das Wasser fürchtet. Hat man so etwas schon jemals gehört?", lachte der Schäfer, wurde aber sofort wieder ernst: „Na schön! Es bleibt uns nur eine Möglichkeit. Wir müssen zum großen Fluss. Dann werden wir dem Wassergeist hier auch das Handwerk legen können", beschloss der Schäfer.

Nachdem der Kutscher sich verabschiedet hatte, stapfte der Schäfer in den Stall und holte zwei Wasserschläuche, die er aus Schafshäuten hergestellt hatte.

Die Schäferin packte für die Männer einen Beutel mit Brot und Wurst zusammen. Dabei überlegte sie, ob der Kutscher nicht vielleicht sogar ein Wasserteufel war.

Eine Erfrischung brauchte er doch gar nicht, im Gegenteil! Der Wein war gut und kühl. Seine Erzählung und der Rat galten sicher einzig und allein dem Zwecke, seinen Rivalen wieder einmal aus dem Weg räumen zu lassen, da er auch ihm das Wasser weggenommen hatte. Wie schlau die Schäfersfrau doch war!

Der Bauer schirrte seine Pferde an, so machten sich die beiden Männer auf den weiten Weg zum großen Fluss.

Auf halbem Wege kamen sie an einer Waldhütte vorbei. Dort lebte die gute Fee Arwen. Sie lud die beiden in ihre Hütte und tischte auf. Erstaunt tranken der Schäfer und der Bauer den wohlschmeckenden Tee. Da fragte der Bauer: „Woher hast du Wasser für den Tee?"

Die Fee antwortete: „Mein Brunnen vor der Hütte führt kein Wasser. Aber ich habe zwei Zauberkrüge, in denen das Wasser nie versiegt. Es waren einmal drei, doch einer ging leider zu Bruch."

„Wir haben zu Hause auch kein Wasser", sagte der Schäfer und erzählte vom Wassergeist.

„Na so was! Wieso weiß ich vom Wassergeist so gar nichts?", staunte die Fee und setzte hinzu: „Ich will euch helfen!"

Sie ging in die Schlafkammer und stand kurz darauf mit einem Zauberding in den Händen vor den Männern. „Den schenke ich euch, so braucht ihr nicht bis zum großen Fluss und könnt euer Vieh und das ganze Dorf hoffentlich noch rechtzeitig retten."

Der Schäfer und der Bauer bedankten sich recht herzlich und fuhren zurück zur Schäferei. Dort gaben sie das Gefäß der Schäferin und diese probierte es sofort aus. Alles klappte wie am Schnürchen. Zuerst tränkte sie die Tiere und füllte das große Fass. Dann goss sie das Gemüse im Garten. So taten es auch der Bauer und die umliegenden Nachbarn. Alle waren sehr dankbar und jeder achtete darauf, dass der Krug nicht entzweischlug. Als alle versorgt waren, befüllte die Schäferin noch einen Eimer und stellte ihn unter den Tisch. Den kostbaren Krug jedoch verwahrte sie in ihrem Küchenschrank

Drei Tage später gegen Mittag saß plötzlich der Wassergeist in der Küche und fragte abermals spöttisch die Schäferin: „Habt ihr denn gar keinen Durst?"

„Nein!", antwortete sie unberührt am Herd werkelnd, drehte sich nun blitzschnell um, sprach weiter: „Aber vielleicht möchtest du etwas trinken?", holte bei ihren Worten den bereitstehenden Eimer unterm Tisch hervor und hielt ihn dem ungebetenen Gast genau vors Gesicht.

Er schaute überrumpelt hinein, wurde abwechselnd rot und blass vor Wut und sein Körper zerrann wie schmelzender Schnee, wobei sich in der Küche nach und nach eine Pfütze bildete, die in den Ritzen des Holzbodens versickerte.

Der Schäfer führte grade seine Herde an den Bauern kleinen Wiesenbach vorbei, als dieser wieder fröhlich vor sich hin plätscherte. Da ließ er die Schafe ausgiebig trinken und trieb sie hernach auf den Hof. Wie er in seinen Brunnen schaute, war er glücklich. Bis zum Rand führte er wieder Wasser. In der Ferne glaubte der Schäfer ein lautes, aber herzliches Lachen zu hören. Es kam aus der Richtung der Sandsteinhöhle. Der Hokuspokus war endlich vorbei.

Seine Frau erzählte ihm beim Abendessen, dass der Wassergeist noch einmal da war und als er in den gefüllten Eimer blickte, wurde er selbst zu Wasser und verschwand im Boden. Und sie erzählte ihm auch, was sie über den seltsamen Kutscher dachte und zeigte ihm die Weinflasche, die sich wieder von selbst gefüllt hatte.

„Ich bin mir sicher, dass der Kutscher ein Wasserteufel war. Der Wein ist sein Geschenk dafür, dass wir den Wassergeist vertrieben haben", freute sich die Schäferin.

„Dann habe ich vorhin ihn lachen hören", schmunzelte der Schäfer und goss sich und seiner klugen Frau roten Wein in die Gläser. Der Schäfer und seine Frau lächelten sich wissend zu.

Da sich bald herumgesprochen hatte, wie man dem Wassergeist den Garaus machen kann, wurde er von niemandem in diesem Dorf und Umgebung jemals wieder gesehen.

Die alte Frau und der König

Es lebte einmal ein König, der ließ einen prächtigen Palast bauen. Er wurde wunderschön eingerichtet. Als der Palast fertig war, lud der König alle Bewohner in der Stadt ein, um mit ihnen ein prunkvolles Fest zu feiern. Alle Leute in der Stadt kamen und schmausten miteinander. Auch kam eine alte, arme Frau. Sie hatte so etwas noch nie gesehen. Sie schimpfte auf den König. Ihr war nicht recht, dass er den Palast so prunkvoll bauen ließ.

Das hörte der König und er ließ die arme Frau festnehmen. Sie sperrten sie in den Kerker. Das sah ein Zauberer und er verwandelte den Palast in ein altes verfallendes Haus. Den König verwandelte er in einen alten Mann. Nun lachte die gesamten Leute und freuten sich, dass es dem König schlecht ging. Sie befreiten die alte Frau und als diese das sah, schimpfte sie auf den Zauber. Sie forderte von diesem, den Zauber sofort rückgängig zu machen. Der Magier hörte auf Wort und alles wurde wie es war. Da holte der König die alte Frau und hatte sie wieder lieb. Er lud sie ein in seinen Palast und von da an durfte sie wohnen und essen bei ihm. Er wusste jetzt, wie es einer alten und armem Frau ging. So wurde aus dem König ein guter Herrscher. Damit ist das Märchen aus und wir bleiben alle zu Haus.

Zwei Schwestern

Es war einmal ein Ehepaar, diese hatten zwei Kinder. Es waren Töchter, die eine war wunderschön, aber sehr böse. Die andere Tochter war gut, doch sehr hässlich. Und wie das so ist, wurde die hübsche Tochter immer bevorzugt und die hässliche Tochter musste die ganze Arbeit machen.
Es trug sich zu, dass das gute Mädchen an einen See Wäsche waschen musste und plötzlich war ein Kleidungsstück weg. Sie fand es nicht. Es war ein Kleid und von der hübschen Tochter. Als sie nach Hause kam, war natürlich die Kacke an dampfen und ihre Mutter sagte: „Hole mir sofort das Kleid aus dem See, ansonsten darfst du nicht mehr nach Hause kommen."
„Wie soll ich das machen, ich habe nie schwimmen gelernt?"
„Das ist mir egal, ohne Kleid kommst du hier nicht mehr rein!"

Da ging das gute und kluge Mädchen los und wandelte zum See. Dort traf sie eine alte Frau. Diese Frau war eine gute Fee. „Warum bist du so traurig?", fragte die Fee. Das Mädchen erzählte ihr von ihrem Missgeschick und das Sie nicht mehr nach Hause kommen darf.

Da sprach die Alte: „Komm erst einmal mit in mein Haus, da darfst du erst einmal wohnen. Wir werden das Kleid schon irgendwie aus dem See holen".

Die Fee kannte einen Fischer und seinen Sohn. „Die werden dir bestimmt helfen und dir das Kleid herausholen", sprach die gute alte Fee.

Drei Tage später kam der Fischer und sein Sohn am Haus der Fee vorbei. Die Fee und das Mädchen brachten ihr Anliegen vor und die beiden willigten ein. Schon am nächsten Tag kam der Sohn des Fischers mit dem Kleid zurück und gab es dem guten Mädchen. Die Freude war groß.

Die gute hässliche Tochter brachte das Kleidungsstück ihrer Mutter, ging dann aber zurück zur guten Fee.

Dort durfte sie für immer bleiben. Bald darauf heiratete das Mädchen den Sohn vom Fischer und sie zog mit in das Fischerhaus. Dort lebte sie sehr gut.

Die Mutter und das wunderschöne böse Mädchen mussten nun für immer arbeiten und wussten nun wie das ist.

Das Pferd und der Esel

Es war einmal ein Pferd und der Vierbeiner hatte keinen Freund. Auch kein Zuhause hatte das Pferd, es lief hin und her, um einen Freund zu finden. Manchmal lief es zu seiner Familie, wo es sich selten aufhielt. Bei einem kleinen Spaziergang fiel es in ein Loch, richtig tief. Es dauerte fast den ganzen Tag, bis es aus dem Loch wieder herauskam. Als es endlich draußen war, sah er eine Steppe und ein Wasserloch. Dort löschte er erst mal seinen Durst, urplötzlich stand ein Wolf vor ihm. Dieser kam aus der Steppe. Da hatte das Pferd Angst und lief in die Steppe, dort kamen noch mehr Wölfe. „Was mache ich bloß?", dachte das Pferd. Es lief ganz schnell weiter und traf einen Esel. Dieser konnte sich gegen die Wölfe wehren. Sein „IA-Rufen", machte die Wölfe scheu und so wanderten die Beiden durch die Steppe. Da kamen sie an einen Wald und hörten einen Kuckuck. Doch beide, Pferd und Esel, hatten keine Taschen und dadurch auch kein Geld, was sich vermehren konnte. Doch sie hatten ihre Freundschaft. Im Wald trafen sie wieder ein Ungeheuer, es war der Bär. Vor den Bären hatten sie wiederum Angst und sie liefen nochmals davon. Sie rannten abermals in die Steppe und da warteten die Wölfe. „Was machen wir jetzt?", fragte der Esel. Da kam aus der Luft der Pferdegeist und half den Esel und das Pferd. Er brachte sie in einen sicheren Stall. Der Bauer hatte einen Schäferhund und der passte auf die beiden, Esel und Pferd auf, so hatten sie ein schönes Leben und sie bekamen immer Futter und zu saufen. Das war eine Freude und so blieben sie für immer dort.

Der Bauer und der Bär

Ein Bauer fuhr zum Felde nahe einem Walde, um Rüben zu säen. Plötzlich stand ein Bär vor ihm. „Hau ab!", sprach der Bauer oder ich erschlage dich. „Das machst du nicht", antwortete der Bär. Lass uns lieber zusammen die Rüben säen. „Gut", sagte der Bauer und beide säten die Rüben. Ein halbes Jahr war vergangen und die Rüben waren schön gewachsen. Nun stand die Ernte an. Der Bauer fuhr mit sein Fuhrwerk auf das Feld, um die Rüben zu ernten. Da kam wieder der Bär und sagte: „Ich helfe dir." Anschließend wollen wir die Rüben teilen. „Gewiss", sprach der Bauer. Der Bär war einverstanden und schon ging es an die Arbeit. Der Bär lud die ganzen Rüben auf das Fuhrwerk. Das Kraut aber gab er den Bären. Als sie alle Rüben geerntet hatten, wollte der Bauer mit dem Fuhrwerk in die Stadt fahren, um die Rüben zu verkaufen. Da sagte der Bär: „Ich komme mit, aber vorher möchte ich einmal die Rüben kosten." Der Bauer gab ihn eine Rübe und der Bär ließ es sich schmecken. Kaum hatte er die Rübe gefressen, da brüllte er los. „Bauer du hast mich betrogen, die Rüben schmecken sehr süß. Komm mir nicht in den Wald mehr, um Holz zu machen." Im anderen Jahr hatte der Bauer Weizen auf das Feld gesät und die Ernte stand an. Auch dieses Mal kam der Bär und wollte helfen. Der Bauer schnitt den Weizen und gab den Bären abermals die Wurzeln. Als der Bär die Wurzel kostete, wurde er wütend und rief ganz laut: „Du hast mich wiederum betrogen und darum darfst du nicht mehr in den Wald. Wenn du kommst, dann breche ich dir sämtlich Knochen." Da ärgerte sich der Bauer. Ab da bestand Feinschaft zwischen Bär und Bauer. So ist das heute noch.

Die Hexen und ihre Spiegel

Damals als es noch Hexen gab, hatte sie sehr viele Folterwerkzeuge. Diese erleichterten ihr Leben, sodass sie an der Macht bleiben konnten. Zu diesen Werkzeugen gehörte auch ein Spiegel. Darin konnten sie alles sehen, was sie wollten. Der Spiegel sah aus, wie ein gewöhnlicher Spiegel und musste zu der Halloween – Zeit immer erneuert werden. Um

Mitternacht kam dann die Hexenoberin und segnete den Spiegel. Dann wurde der Spiegel ganz blind, sodass man nichts mehr sehen konnte. Wenn nun eine Hexe den Spiegel wollte, musste sie einen bestimmten Zauberspruch aufsagen. Doch keine Hexe kannte den richtigen Spruch. Darum behielt die Hexenoberin den Spiegel. So hatte sie jetzt auch die Macht über alle Hexen. Und wurde die reichste Frau auf der Welt. Eines Tages kam ein kleines Kind zu der Hexenoberin und fragte, ob er ein Bonbon haben könnte. Die Hexe war aber geizig und gab den kleinen Jungen keins. Da nahm dieser einen Stein und schmiss den Spiegel kaputt. Er zerfiel in eintausend Scherben und aus den Scherben wurden Bonbons. Nun hatte auch die Hexenoberin keine Macht mehr und seitdem gibt es keine Hexen mehr.

Der Prinz und der riesen Koloss

Es war einmal ein Prinz der lebte gemeinsam mit seinen Eltern in einen Königspalast, denn er wollte so gerne eine schöne Prinzessin heiraten. Doch seine Eltern waren dagegen.
Eines Tages kam eine wundereschschöne Fee, in der sich der Prinz verliebte. Sie sprach zu den Prinzen, ich helfe dir. Da sagte der Prinz, du braust mir nicht helfen, du bist die richtige Frau, die ich heiraten möchte.
Leider geht das nicht, ich kann dich nicht heiraten. Feen dürfen keine Menschen heiraten. Wenn ja, musst du drei schwere Probleme lösen.
Sag mir welche und ich versuche diese zu lösen, ich kann ohne dich nicht mehr leben. Was muss ich machen?
Geh einfach in die Welt und das Problem kommt von ganz allein.

Der Prinz verabschiedete sich von der Fee und ging zu seinen Eltern. Er sagte zu ihnen, ich habe eine schöne Fee gefunden und die möchte ich heiraten. Na gut meinte der Vater gehe in die Welt und suche dir eine Prinzessin und die du mit nach Hause bringst, soll der Frau werden.

Der Vater wusste aber von der Aussage der Fee nichts und ließ seinen Sohn gehen.

So ging der Prinz in die Welt, er wanderte über viele Städte und Länder.

Eines Tages kam er in einen tiefen dunklen Wald und sah ein Häuschen, wo die Tür offen stand. Er wollte hereingehen und hörte hinter sich etwas rascheln. Als der Prinz sich umdrehte, stand ein riesiger Koloss hinter ihm. Es war ein Nashorn. Vor Angst schloss er die Tür und hörte einen Knall. Prinz Dagobert schaute aus dem Fenster und sah, wie das Nashorn mit seinem Horn in der Pforte stach und nicht herauskam. Er nahm von der Wand ein dickes Seil, sprang aus dem Fenster und fesselte das Nashorn. Er hatte es gefangen. Danach ging er zum nächsten Förster. Der Waldmann mit seinen Helfern holten das Nashorn und sperrten es ein.

Plötzlich tauchte die Fee auf und sagte, die erste Aufgabe hast du erfolgreich erledigt. Nun musst du noch zwei erfüllen und ich bin frei. Dann können wir heiraten.

Dagobert wanderte wiederum eine Woche und da traf er einen Riesen. Der stand mit einer Keule vor ihm und sagte, ich haue dich tot. Da sagte der Prinz: "Ich mit dir wetten, dass ich höher schmeißen kann, als du. Wenn ich es nicht schaffe, kannst du mich totschlagen. Aber wenn ich es aber schaffe, bin ich frei und du musst mich laufen lassen". Da lachte der Riese und schwang seine Keule.

Dagobert dachte an den Trick des tapferen Schneider, wie er den Riesen besiegt hatte. Ganz kurz fing er sich ein Spatz. Der Riese nahm einen Stein und schmiss ihn weit hoch. Er meinte, so hoch kommst du nicht.

Doch das schaffe ich und holte mit dem Arm aus und schmiss den Spatz in die Luft. Dieser flog in die Höhe und verschwand.

Dornröschen und die böse Fee

Es war einmal ein Märchen, das ging mir nicht aus dem Sinn. Es ist das Märchen von Dornröschen und der bösen Fee.

Dornröschen hatte ihren Erlöser geheiratet und mit ihm einen strammen Jungen bekommen. Doch das ärgerte die böse Fee. Sie wollte auch, dass der Junge 100 Jahre schläft und darum machte sie sich auf, den staatliche Jungen zu verhexen.

Sie sprach vor seinem Bett einen Hexenspruch und der Knabe fing an zu schlafen. Hinter der Tür stand aber die gute Fee und hörte den Spruch.

Als die böse Hexe fort war, neutralisierte sie den bösen Hexenspruch und der Junge war wieder normal und aufgeweckt. Dornröschen und ihr Mann bekamen davon nichts mit. Es war alles so wie es war.

Nach einiger Zeit bekam die böse Hexe das mit und sie ärgerte sich sehr. Sie will es in der nächsten Zeit noch einmal versuchen. Doch immer, wenn sie es versuchen wollte, kam etwas anderes dagegen, bis sie eines Tages vor Wut platzte.

Hans Dumm

Es war ein König, der lebte mit seiner Tochter, die sein einziges Kind war, vergnügt. Auf einmal aber brachte die Prinzessin ein Kind zur Welt, und niemand wusste, wer der Vater war; der König wusste lang nicht, was er anfangen sollte, am Ende befahl er, die Prinzessin solle mit dem Kind in die Kirche gehen, da sollte ihm eine Zitrone in die Hand gegeben werden, und wem es die reiche, solle der Vater des Kinds und Gemahl der Prinzessin sein. Das geschah nun, doch war der Befehl gegeben, dass niemand als schöne Leute in die Kirche sollten eingelassen werden. Es war aber in der Stadt ein kleiner, schiefer und buckelichter Bursch, der nicht recht klug war und darum der Hans Dumm hieß, der drängte sich ungesehen zwischen den ändern auch in die Kirche, und wie das Kind die Zitrone austeilen sollte, so reichte es sie dem Hans Dumm. Die Prinzessin war erschrocken, der König war so aufgebracht, dass er sie und das Kind mit dem Hans Dumm in eine Tonne stecken und aufs Meer setzen ließ. Die Tonne schwamm bald fort, und wie sie allein auf die Meere waren, klagte die Prinzessin und sagte: "Du garstiger, buckelichter, naseweiser Bub bist an meinem Unglück schuld, was hast du dich in die Kirche gedrängt, das Kind ging dich nichts an." "O ja", sagte Hans Dumm, "das ging mich wohl etwas an, denn ich habe es einmal gewünscht, dass du ein Kind bekämst, und was ich wünsche, das trifft ein." "Wenn das wahr ist, so wünsch uns doch was zu essen hierher." "Das kann ich auch", sagte Hans Dumm, wünschte sich aber eine Schüssel recht voll Kartoffel, die Prinzessin hätte gern etwas Besseres gehabt, aber weil sie so hungrig war, half sie ihm die Kartoffel essen. Nachdem sie satt waren, sagte Hans Dumm: "Nun will ich uns ein schönes Schiff wünschen!", und kaum hatte er das gesagt, so saßen sie in einem prächtigen Schiff, darin war alles zum Überfluss, was man nur verlangen konnte. Der Steuermann fuhr grad ans Land, und als sie ausstiegen, sagte Hans Dumm: "Nun soll ein Schloss dort stehen!" Da stand ein prächtiges Schloss, und Diener in Goldkleidern kamen und führten die Prinzessin und das Kind hinein, und als sie mitten in dem Saal waren, sagte Hans Dumm: "Nun wünsch ich, dass ich ein junger und kluger Prinz werde!" Da verlor sich sein Buckel, und er war schön und gerad und freundlich, und er gefiel der Prinzessin gut und ward ihr Gemahl.

So lebten sie lange Zeit vergnügt; da ritt einmal der alte König aus, verirrte sich und kam zu dem Schloss. Er verwunderte sich darüber, weil er es noch nie gesehen, und kehrte ein. Die Prinzessin erkannte gleich ihren Vater, er aber erkannte sie nicht, er dachte auch, sie sei schon längst im Meer ertrunken. Sie bewirtete ihn prächtig, und als er wieder nach Haus wollte, steckte sie ihm heimlich einen goldenen Becher in die Tasche. Nachdem er aber fortgeritten war, schickte sie ein paar Reuter nach, die mussten ihn anhalten und untersuchen, ob er den goldenen Becher nicht gestohlen, und wie sie ihn in seiner Tasche fanden, brachten sie ihn mit zurück. Er schwor der Prinzessin, er habe ihn nicht gestohlen und wisse nicht, wie er in seine Tasche gekommen sei, "darum", sagte sie, "muss man sich hüten, jemand gleich für schuldig zu halten", und gab sich als seine Tochter zu erkennen. Da freute sich der König, und sie lebten vergnügt zusammen, und nach seinem Tod ward Hans Dumm König.

Das steinalte Mütterchen und ihr Enkel

Es war einmal eine steinalte Frau, deren Augen waren trüb geworden, die Ohren hörten nichts mehr und ihre Knie bewegten sich kaum noch. Wenn sie zu Mittag aß, verschüttete sie die Suppe. Ihr Sohn und die Schwiegertochter ekelten sich davor. Sie musste deswegen hinter dem Ofen auf eine Ofenbank sitzen Sie gaben ihr das Essen in eine blecherne Schüssel. Sie bekam wenig zu essen. Das Mütterchen wurde nie richtig satt. Des halb weinte sie oft und ihre Augen waren voller Tränen.
Sie hatte einen Enkel, der war sechs Jahre alt. Er liebte seine Oma und spielte oft mit ihr. Das sahen die Eltern nicht gern.
Eines Tages machte der kleine Junge, zwei Schüsseln aus Holz, die er schnitzte. Dann sagte er zu seinen Eltern: „Diese Schüsseln bekommt ihr, wenn ich groß bin und euch pflegen muss." Das fanden seine Eltern nicht schön und überlegten. Nach einer Weile kamen sie darauf. So machen wir es, mit unserem Mütterchen und sie fingen an zu weinen. Danach holte sie die Oma an ihren Tisch und gaben ihr gutes Essen und auch ein Zimmer in dem sie wohnen konnte. Sie schimpften sie nicht mehr aus und es wurde alles gut. Nun lebten sie ihren Sohn ein richtiges Familienleben vor.

Der gierige Kaufmann

Gierige Kaufleute gibt es überall. Da war ein Kaufmann von dieser Art. Er machte weiter nichts als essen und trinken. Dafür ließ er seinen Angestellten arbeiten. Weil der Kaufmann gierig war, ging er durch das Land und suchte einen Weisen, der ihm sagen konnte, wie man die Tage verlängert, damit sein Gesellen noch mehr arbeitet konnte. Eines Tages fand er einen alten Weisen, aber der war arm. Dieser hatte eine bescheidene Hütte und ließ den Kaufmann bei sich übernachten. Sie kamen ins Gespräch und der Kaufmann stellte ich die Frage: „Wie man den Tag verlängern könne?" Da schaute der alte Weise den Kaufmann ungläubig an und sagte: Im Winter sind die Tage kurz und im Sommer sind sie lang. Der alte Weise war von der Frage verwirrt. Und gab den Kaufmann einen Rat: „Ziehen sie sich im Sommer warm an, am liebsten einen Pelzmantel und Filzstiefel und setzen sie sich vor das Haus, wohin die Sonne schön scheint. Schauen sie dann in die Sonne, wenn sie das sieht wird sie nicht untergehen." Der Kaufmann war über die Antwort froh und ging gleich nach Hause. Er machte, was der alte Weise gesagt hatte. Die Sonne schien und dem Kaufmann wurde heiß, er fing an zu schwitze. Nach drei Stunden hielt er es nicht mehr aus und schickte sein Gesellen nach Hause. Es selber zog all seine Sachen aus, duschte sich kalt und ging dann ins Bett. Im Bett überlegte er: „Man kann den Tag nicht verlängern." Seitdem half er mit und zusammen mit seinen Angestellten verdienten sie mehr. Er war nun den alten Weisen dankbar, ihm den Rat gegeben zu haben.

Die strahlende Blume

Ein junger Geselle ging auf Wanderschaft. So war das damals üblich. Da traf er ein junges Mädchen, die am Wegesrand saß. Er schaut sie an und wanderte weiter. Kaum war einen Kilometer weiter, saß wieder ein junges Mädchen, aber sie war hübscher als die andere. Plötzlich fing das junge Mädchen an zu sprechen: „Hütte dich und gehe nicht weiter, denn auf dich wartet der

Tod"! Er sah sie an und trotz der Warnung setzte er seinen Weg weiter. Nach einem halben Kilometer weiter saß eine dritte junge Frau am Wegesrand. „Wandersmann bleibe stehen, denn deine Seele liegt hier unter dem Baum. Die Vögel habe es mir erzählt, dass du auf Wanderschafts gehst, um eine strahlende Blume zu suchen. Die Blume steht am Fluss des Todes, der gleich nach einem halben Kilometer kommt. Bist du da, wirst du deine Leiche sehen und deine Seele holt der Teufel. Sag mir, ob du weiter gehen möchtest?"

Da merkte der Wandersmann, dass das junge Mädchen gut mit ihm meinte. Plötzlich wurde das Mädchen uralt mit schneeweißen Haaren. „Deine Braut kann auch zur Hochzeit eine andere Blume haben, sie muss nicht strahlend sein", sagte die Alte. Da ging der Wanderer nicht mehr weiter. Er bedankte bei den schweißen Mütterchen und ging zurück durch den Wald. So gelangte er in einen Sumpf, der voller Schlangen und anders Getier wart. Dort hatte der Wanderer Angst, dass ihm eine giftige Schlange beißt. Doch er hatte Glück und ging unbeschadet durch den Sumpf. Da kam er in eine Schlucht, dort hatte ein Riesenbär seine Höhle und versperrte den Wanderer den Weg. Der Bär kam auf ihm zu und sperrte sein Maul weit auf. Da steckte der junge Bursche seine Hand in das Maul des Bären. Doch dieser biss nicht zu. Er zeigte sogar den Wanderer, wie es aus der Schlucht wieder herauskam. So ging er ohne Schaden weiter einen Kilometer weiter erblickte er unter einen Baum eine strahlende Blume. Da stand plötzlich die schneeweiße alte Dame vor ihm. Sie sagte zu ihm: „Was du nun zu tun hast, musst du dir alleine raten"! Da schaute der junge Wandergeselle den Standort der Blume genauer an. Der Baum und die Blume standen auf einer kleinen Insel umgeben von tiefen Schluchten und keine Brücke führte über die Schluchten.

Die Schluchten waren von Spinnen mit Gewebe überzogen. Da trat der Wanderer auf einen Faden des Gewebes. Er machte dabei seine Augen zu.

Und siehe da der Faden hielt. So ging der junge Geselle über die Schucht und pflückte die strahlende Blume. Er ging vorsichtig zurück und es kam ein Wirbelwind. Jetzt hatte er wieder Angst. Er warf sich auf sein Knien und betet zu Gott. Da hörte der Wind auf und er ging den gleichen Weg, den er gekommen war zurück. Er traf auch die drei jungen Frauen wieder und diese staunten, das er es geschafft hatte die strahlende Blume zu pflücken. Danach kam er wieder zu Hause an und gab seiner Braut die Blume. Diese küsste ihn und sagte: "Das ist das schönste Geschenk, was du mir machen konntest." Doch der junge Wandergeselle hörte es nicht mehr, er tot in den Armen seiner Braut.

Er hatte die Blume gepflückt, die den Tod bringt.

Sagen vom Wolfsholzteich

Um den Wolfsholzteich ranken sich mehrere Sagen. So wird berichtet, dass einst mehrere Menschen am Horst Berg östlich von Wernigerode Kräuter sammelten. Sie wollten dabei auch auf den dortigen Wartturm steigen, um von oben die Aussicht zu genießen. Auf der Treppe des Turmes aber kam ihnen ein Reiter entgegen. Sie sahen, dass dieser keinen Kopf hatte und liefen in großer Angst davon. Die Menschen rannten um ihr Leben in Richtung Wolfsholz, wobei der kopflose Reiter ihnen folgte, ohne sie jedoch einzuholen. Am Wolfsholzteich bäumte sich das Pferd vor dem Weiler auf und sprang anschließend mitsamt dem Reiter in das Wasser hineineile weitere Sage erzählt eine Begebenheit, welche zwei Männern aus Silstedt am

Wolfsholzteich erlebt haben sollen. Diese waren eines Nachts mit einem großen Netz dorthin gekommen, um Fische zu stehlen. Während sie also das Fischnetz im Teich ausbreiteten, entstanden plötzlich trotz Windstille große Wellen auf der Wasseroberfläche. Die Männer sahen sich um und erblickten einen großen weißen Ganter, welcher mit seinen Flügeln schlug und so die Wellen erzeugte. Aus Angst liefen sie davon und sahen sich erst in größerer Entfernung vom Teich nach dem riesigen Tier um. Der Ganter verschwand daraufhin ebenso plötzlich, wie er aufgetaucht war. Daher beschlossen die Männer, zum Teich zurück zu gehen und das Fischnetz zu bergen. Dieses war sehr schwer und sie vermuteten einen großen Fang. Jedoch sah dieser ganz anders aus als erwartet: Eine große schwarze Person hatte sich in dem Netz verfangen. Schnell schütteten die Männer das Netz aus und rannten mit diesem erneut davon. Aus sicherer Entfernung blickten sie zurück und sahen, wie sich das seltsame Wesen in das Wasser zurück wälzte. Der ganze Spuk hatte die Männer nun so verängstigt, dass sie ihr Unternehmen abbrachen und ohne Beute den Rückweg antraten.

Der Feenstaub

Die Feen hatten es richtig schön. Jede einzelne Fee hatte ein Schlösschen. Das war nicht immer so. Früher lebten sie in alten verlassenen Baracken. Am Tage gingen sie in die nah gelegene Höhlen und sammelten das Salz ein und verkauften es an die reichen Elfen. Immer waren sie schmutzig, krank und müde. Viele Jahre gingen so ins Land. Doch eines Tages sah eine Elfe etwas glitzern im Schacht. Sie nahm etwas von dem Glitzer und tat es in ihr Körbchen. Zu Hause stelle sie das Körbchen zuerst in die Ecke. Danach machte sie sich an die Hausarbeit, denn es gab immer viel zu tun. Erst spät am Abend als alles erledigt war, dachte sie wieder an das Körbchen. Die Fee wusste gar nicht, dass sie etwas so Kostbares gefunden hatte. Es war Fee-staub-, der schon Millionen von Jahren in dieser Höhle versteckt war. Sie nahm etwas von dem Glitzer in die Hand und begutachtete den Feenstaub. Ach wie das so schön funkelt, dachte sich die Fee. Dann träumte sie, wie alle Tage von einem wunderschönen Schloss, das sie gerne hätte. Einem wunderschönen Garten und viel Essen, das es hier nicht gab. Auf einmal musste sie niesen und der Feenstaub flog in die Luft. Als der Niesanfall endlich vorbei war, konnte sie ihren Augen nicht trauen. Sie lag auf dem Boden eines wunderschönen Schlosses. Die kleine Fee konnte gar nicht glauben, was sie da sah, sie dachte, sie träumte. Doch da kamen schon die ersten Feen in das Schloss gestürmt, um zu fragen, wo das Schloss auf einmal herkam. Die Fee erzählte allen anderen Feen, was sie in der Höhle gefunden hatte. Sofort probierten sie es aus und es funktionierte erneut. Sie bliesen den Feenstaub in die Luft, bis keiner mehr übrig war. Fast alle Feen hatten jetzt ihr Traumschlösschen. Schon am nächsten Morgen, wollten sie sich auf den Weg machen, um noch mehr von dem glitzernden Feenstaub zu holen. Fast ein Jahr lang holten sie jeden Tag ein Eimerchen aus der Höhle und brachten es nach Hause. Das reichte ein ganzes Feenleben. Doch am letzten Abend wurden sie beobachtet von einem der reichen Elfen. Er hatte schon länger den Verdacht, dass in der Höhle ein Schatz liegen musste. Denn wenn die Elfen im Feen Land vorbeifuhren, sahen sie überall die kleinen Feenschlösser. Natürlich wollten sie auch von dem kostbaren Staub. Sie wollten in Saus und Braus leben. Anders die Feen, sie waren, genügsam und halfen anderen und brauchten nur ihr Schlösschen und zu Essen. Den Rest von dem Feenstaub bewahrte jede Fee in einem goldenen Topf auf. Das alles sah der Elferich und schmiedete einen Plan. Er wollte den Feen ihre Töpfe klauen. Was er nicht wusste, bei den Elfen funktionierte der Feenstaub nicht. Er bewirkte gerade das Gegenteil. Sobald sie den Staub in die Luft bliesen, war ihr ganzes Hab und Gut weg. Schon am nächsten Tag wollte er es mit den anderen Elfen umsetzten. Die Feen gingen da immer in die Stadt und halfen auf dem Bauernmarkt. Kaum waren die Feen weg, machten sich die Elfen an ihr Werk. Schnell hatten sie die ganzen Töpfe aufgeladen und auch so schnell waren sie auch wieder aus den Feen Land verschwunden. Als die kleinen Feen abends müde nach Hause kamen, trauten sie ihren Augen kaum. Da wo morgens noch ihre hübschen Schlösser standen, waren wieder die alten Ruinen von früher. Ja ohne den Feenstaub war alles wie früher. Die Feen brauchten den Staub, ohne ihn konnten sie nicht leben, das wurde ihnen jetzt bewusst. Obwohl sie müde waren, machten sie sich auf die Suche nach ihrem geliebten Feenstaub. Sie mussten nicht lange suchen. Von weitem sahen sie schon das Elfenreich, das jetzt in Schutt und Asche lag. Die Elfen rannten schon auf die Feen zu und gaben ihnen ihren Feenstaub zurück. Sie bettelten um Gnade und ob sie doch wieder ihre Häuser. Zurückverwandeln könnten, sie versprachen, dass sie nie wieder den Feenstaub klauen würden. Die Feen waren dankbar, dass sie ihren geliebten Feenstaub wieder hatten, dass sie ihnen den Wunsch nicht abschlagen konnten. Die Feen waren so glücklich, dass sie den Elfen auch Schlösschen schenkten. Und wenn die Elfen wieder einmal einen Wunsch haben, gehen sie zu den Elfen und fragen, ob sie von dem kostbaren Feenstaub haben könnten, es ist ja genug da. So ist jeder zufrieden. Nun leben die Feen und Elfen glücklich und zufrieden nebeneinander und wenn sie nicht gestorben sind, kann man, wenn man genau hinschaut, heute noch die prachtvollen Schlösser sehen.

Der Tod und der Gänsehirte

An einem See, wo der Wind das Wasser peitscht, hütete ein armer Hirte ein Haufen weißer Gänse. Doch der Wind brachte den Tod mit. Der Gänsehirte fragte den Tod: „Was hier wolle und wohin er möchte?" Der Tod lachte und antwortete: „Ich komme aus dem See und möchte mir die Welt ansehen. Der Gänsehirte sagte: „Mein Leben hier ist nicht schön" und fragte den Tod: „Ob ich nicht mitkommen kann?" Doch der Tod antwortete: „Leider geht das nicht, denn ich habe auf der Welt noch viel zu tun." Da war der Hirte traurig, doch der Tod sagte: „Ich werde dir helfen, damit du mehr Geld bekommst und ein besseres Leben führen kannst!" Da verwandelte der Tod die weißen Gänse in Schafe mit einem schwarz geringelten Fell. Das Fell der Schafe ist sehr wertvoll. „Wenn du es verkaufst, bekommst du den hundertsten Verkaufserlös, als bei deinen weißen Gänsen." Der Tod verwandelte die Gänse in Schafe und ging seiner Wege. Er wollte nach England, weil dort eine Königin gestorben war. Diese wollte er holen. Der Hirte war zwar traurig, dass er nicht mitkonnte, doch er war froh, dass er nun wertvolle Tiere hatte. Schon nach drei Tagen schlachtete er ein Schaf und verkaufte das Fell für einen sehr, sehr guten Preis. Ab nun wurde sein Leben besser und freute sich, dass er den Tod getroffen hatte.

Der König und der verkleidete Prinz

Es war einmal ein König, der hatte eine Tochter. Eines Tages kam ein verkleideter Prinz und er hielt bei dem König um die Tochter, die schöne Prinzessin an. Der Prinz hatte sich verkleidet in einen Bäcker. Als der König den Bäcker sah, wellte er ihn vertreiben. Doch die Prinzessin ließ das nicht zu. Sie wollte erst wissen, wie der Kuchen und das Brot von dem Bäcker schmeckt. Also musste der verkleidete Prinz in die Küche und Kuchen backen. Das war sehr schlecht für den Prinzen, denn er konnte das nicht. So bat er eine hübsche Magd ihn beim Kuchen backen zu helfen. Sie half ihn und es wurde ein schöner Kuchen. Als er ihn probierte war er ganz begeistert. Der Kuchen schmeckte sehr gut. Mit den Kuchen ging er dann in den Thronsaal und der König und die Prinzessin kosteten den Kuchen. Auch den beiden schmeckte der Kuchen und die Prinzessin sagte zur Anfrage des Bäckers: "Ja". Der König war damit nicht einverstanden. Der verkleidete Prinz freute sich und ärgerte sich. Denn er fand die Magd besser und schöner. So zog er seinen Antrag zurück und nahm die Magd mit in seinem Schloss. Dort wurde Hochzeit gefeiert und aus der Magd wurde eine schöne Frau des Prinzen.

Die Brunnenhexe

Der kleine Hansi steht am Brunnen seines Nachbarn und spielt mit einem selbst gebastelten Papierboot. Plötzlich kommt eine kräftige Frauenhand und packt den kleinen zehnjährigen Jungen und zieht ihn mit unter Wasser. Es ist die Brunnenhexe. Unter Wasser schnappt sie Hansi und schwimmt mit ihm in ihr Hexenhaus ins Brunnenland. Dort steht ein Hexenhaus mit einer grünen Wiese. Die Wiese ist nicht unter Wasser, sondern es ist wie auf der Erde. Es scheint die Sonne und sehr viele schöne Frühlingsblumen blühen.

Der kleine Hansi wird in einen Stall gesperrt. Neben dem Hexenhaus ist ein kleiner Stall mit zwei Stallboxen, dort leben in einer Box die Ziegen und in der anderen muss der kleine Junge sein Lager ausschlagen. Hansi soll ab jetzt die Ziegen mit Futter versorgen und auf sie aufpassen.

Er ist sehr traurig, weil seine Eltern auf der Erde wohnen und er hier unten im Brunnenland getrennt von seinem Lieben ist.

Jeden Morgen soll er die Ziegen auf der Wiese grasen lassen und den Tieren frisches Wasser, aus dem Bach, der auf der Wiese fließt, holen.

Die Hexe ist zu Hansi sehr ungezogen, er muss auch noch ihr Hexenhaus in Ordnung halten. So kommt er abends erst immer spät auf sein Strohlager im Ziegenstall und schläft geschafft spät ein. Auch mit dem Essen für Hansi steht es nicht gut, er muss oft hungern.

Der Frühling vergeht und der Sommer auch. Auch der Herbst ist schon fast rum.

Am Ende des Herbstes sagt die Hexe zu Hansi: „Ich habe großen Appetit, auf Ziegenfleisch und werde eine meiner Ziegen schlachten. Es wird ein schmackhafter Braten. Dazu werde ich weitere Hexen einladen."

Am nächsten Tag schrieb die Hexe die Einladungen. Sie möchte zum Weihnachtsfest zu diesem Festmahl einladen.

Die Ziegen hat der kleine Hansi alle in sein Herz geschlossen und besonders die dickste Ziege, die, die Hexe schlachten will.

Am nächsten Tag geht er in den Stall und streichelte die Ziegen und erzählt den Ziegen, was die Hexe vorhat.

Plötzlich fängt eine Ziege an zu in ihm, mit der Menschen-sprache zureden.

„Wir können dir und uns helfen, dass wir zusammen wieder aus dem Brunnenland heraus kommen. Du musst uns Ziegen aber alle mitnehmen."

„Was muss ich machen?", fragte Hansi.

„Im Stall auf dem Fußboden ist eine Klappe. Leider sieht man die nicht, weil unsere Streu darauf liegt. Im Hexenhaus hat die Hexe ein Schlüsselbrett, dort hängt ein alter Schlüssel darauf, dieser passt zu der Klappe. Versuche den Schlüssel zu bekommen und besorge dir eine Kerze mit Streichhölzer. Wenn du das hast, können wir nachts, durch die Klappe und den nach folgenden Tunnel auf die Erde gelangen. Wir haben die ganze Nacht Zeit, zu entkommen. Die brennende Kerze wird uns den Weg erhellen. "

Am nächsten Tag sucht Hansi das Schlüsselbrett und wirklich der Schlüssel hängt dort. Am Abend nahm er den Schlüssel an sich und hatte vorher eine Kerze und Streichhölzer im Ziegenstall deponiert.

Die Hexe bekam von allem nicht mit.

Nachts steckte der Junge die Kerze an, öffnete die Klappe und der Weg auf die Erde war frei. Im Gänsemarsch marschierten Hansi und die Ziegen auf die Erde. Dort angekommen, machte er sich und die Ziegen, sofort auf den Weg zu seinen Eltern.

Als er Zuhause angekommen ist, ist die Freude groß. Die Ziegen bekommen ein neues Zuhause im Stall des Nachbarn, der Bauer ist.

Auf der Erde hatte die Brunnenhexe keine Hexenkraft, da sie dazu nur in einen Brunnen mit Wasser gefüllt braucht.

Ende gut, alles gut.

Die Waldhütte

Ein Geschwisterpaar gingen in den Wald und wollten Beeren suchen. Dabei verirrten sie sich. Plötzlich wurde es dunkel und die Nacht fing an. Nun wussten sie nicht wohin. Das sah das Mädchen in der Weite ein Licht. Es war eine kleine Waldhütte. In der Hütte lebte eine einsame alte Frau. So klagte das Geschwisterpaar der alten Frau, dass sie Beeren sammeln wollten. Doch die alte Frau war eine Hexe und sie sperrte beide in den Hühnerstall. Dort lebte auch ein Wolfshund und dieser beschnupperten die Kinder. Es waren richtige Menschen und Menschenfleisch frisst er am liebsten. Die alte Frau wollte aber nicht, dass dieser die beiden Kinder frisst. Sie sagte.: „Du riechst kein Menschenfleisch, sondern Hühnerdreck". Damit gab sich der Wolfshund zufrieden und rückte weg. Die alte Frau, die Hexe nahm die Kinder am Morgen an die Hand und führte sie wieder in den Wald. Sie zeigte ihnen Stellen, wo man schöne Beeren findet. Danach ging sie ihrer Wege. Sie wollte nicht, dass jemand ihre Waldhütte findet. Denn sie wollte immer alleine leben. Das sagte sie auch den beiden Kindern und sie sollten niemand von der Waldhütte erzählen. Der Junge und das Mädchen sammelten viele Beeren und fanden auch wieder nach Hause. Die Mutter war froh, dass die Kinder nicht passiert war und freute sich, dass sie noch am Leben waren. Auch die Kinder erzählten nichts, nur dass sie im Wald geschlafen hatten. So war alles, wie zuvor.

Das fromme Mädchen

Es war einmal ein armes, kleines Mädchen, dem war Vater und Mutter gestorben, es hatte kein Haus mehr in dem es wohnen, und kein Bett mehr, in dem es schlafen konnte, und nichts mehr auf der Welt, als die Kleider, die es auf dem Leib trug, und ein Stückchen Brod in der Hand, das ihm ein Mitleidiger geschenkt hatte. Es war aber gar fromm und gut. Da ging es hinaus, und unterwegs begegnete ihm ein armer Mann, der bat es so sehr, um etwas zu essen, da gab es ihm das Stück Brot. Dann ging es weiter, da kam ein Kind, und sagte: „Es friert mich so an meinem Kopf, schenk mir doch etwas, das ich darum binde", da tat es seine Mütze ab und gab sie dem Kind. Und als es noch ein bisschen gegangen war, da kam wieder ein Kind, und hatte kein Leibchen an, da gab es ihm seins. Und noch weiter, da bat eins um ein Röcklein, das gab es auch von sich hin, endlich kam es in Wald, und es war schon dunkel geworden, da kam noch eins und bat um ein Hemdlein, und das fromme Mädchen dachte: "Es ist dunkele Nacht, da kannst du wohl dein Hemd weggeben, und gab es hin". Da fielen auf einmal die Sterne vom Himmel und waren lauter harte, blanke Thaler, und ob es gleich sein Hemdlein weggegeben, hatte es doch eins an, aber vom allerfeinsten Leinen, da sammelte es sich die Thaler hinein und ward reich für sein Lebtag.

Die Zauberkette

Es war einmal ein Holzfäller, der hatte zwei Kinder, Töchter. Sie lebten am Rande eines dunklen Waldes. Die beiden Geschwister verstanden sich sehr gut, Sie machten alles gemeinsam, halfen ihre Mutter, wo sie nur konnten. Im Nachbarhaus wohnte eine alte bucklige Frau. Sie hatte auch zwei Töchter gehabt, aber diese vertrugen sich gar nicht. Die hässlich Alte sagte man nach, das sie die Leute verhexen konnte. Eines Tages, als die Kinder ihre Mutter, in den kleinen Garten, halfen, verhexte die alte Xanthippe die große Schwester in ein Reh. Das Reh lief sofort in den Wald und suchte Schutz in dem dichten Dickicht am Waldrand. Die Eltern und die kleine Schwester suchten den ganzen Tag und auch die nächsten Tage nach der verschwundenen Tochter. Keine Spur war von ihr zu finden. Die böse Nachbarin, freute sich, das in der Familie des Holzfällers Trauer herrschte. Eines Tages trug sich zu, als die kleine Tochter ihren Vater das Mittagsessen in den Wald brachte. Unterwegs sah sie eine Rehherde. Ein Reh war besonders zutraulich und kam zu Lisa. Das Mädchen streichelte das Reh und das Rehlein schmiegte sich fest an Lisa. Auf dem Heimweg wollte ein Fuchs ein Eichhörnchen fangen und Lisa verjagte den Fuchs. Das Eichhörnchen, welches sich gerade auf einem Baum retten konnte, kam von diesem herunter und bedankte sich bei Lisa. Es konnte die Menschensprache und sagte: „Wenn du nicht gekommen wärst, hätte der Fuchs mich geschnappt und ich war sein Mittagsessen geworden. Danke! Ich werde dir einen Wunsch erfüllen. Ich weiß, wo deine Schwester ist und wie du sie von der bösen Verzauberung eurer Nachbarin erlösen kannst." Lisa war erstaunt, wie kann solch kleines niedliches Tier die Menschensprache und möchte mich helfen. Sie nahm das Eichhörnchen auf ihren Arm und streichelte es. Dabei fing das Eichhörnchen wieder an zu sprechen: „Deine Schwester ist jetzt ein Reh und lebt in einer Herde hier im Wald. Du musst sie suchen. Ich werde dich dabei helfen. Zu vor musst du Kastanien und Eicheln suchen und diese zusammen zu einer Kette verbinden. In der Mitte der Ketten musst du einen Edelstein einarbeiten. Wenn du damit fertig bist, gehst du in den Wald und ich werde dir helfen das Rehlein zu finden." „Aber wo bekomme ich den Edelstein her! Kastanien und Eichel kann mir mein Vater aus dem Wald mitbringen." Das Eichhörnchen sprach weiter: „Geh zu dem Bach im Wald, dort wo dieser einen großen Bogen nach rechts macht, tummeln sich viele Regenbogen-forellen, sie schimmern fast wie Edelsteine. Wenn du sie über eine längere Zeit fütterst, dann suchen sie dir im Bach einen Edelstein. Den nimmst du für die Kette. Aber jetzt muss ich weiter, ich muss meine Kleinen füttern, wenn du Hilfe brauchst. Dann komm zur dicken Eiche am Bach und klopfe mit einem dicken Ast an den Baumstumpf und ich werde es hören." Lisa ging ganz verstört nach Hause und erzählte ihren Eltern von der Begegnung mit dem Reh und dem Eichhörnchen. Der Vater wollte gleich zu der bösen Nachbarin und sie zur Rede stellen. Doch seine Tochter holte ihn zurück und sagte: „Lass uns das machen, wie das Eichhörnchen uns es geraten hat. Im Nachhinein können wir immer noch die böse alte Frau zur Rede stellen. Der Vater sammelte die nächsten Tage Kastanien und Eicheln und Lisa ging zum Bach und brachte den Forellen viele mit der Hand gefangenen Mücken und Fliege. Abends setzte sie sich hin und fertigte die Halskette.

Ungefähr drei Wochen nach dem Beginn der Fütterung, lag an der Stelle, wo Lisa die Fische fütterte ein dunkelgrüner Stein. Er glänzte in der Sonne. Lisa nahm ihn mit und am selben Abend verkettete sie den Stein in die Mitte der Kastanien-Eichelkette. Als sie damit fertig war, fing der Stein an zu leuchten, der ganze Raum wurde hell. Das Licht strahlte auch zum Nachbarhaus herüber. Die Alte öffnete die Tür und fing an zu stöhnen, dann fiel sie die Treppe herunter und blieb am Ende der Treppe tot liegen. In dem Moment erlosch das Leuchten des Steines. Die Eltern und Lisa waren verblüfft. Der Vater nahm die böse Nachbarin und brachte sie in ihr Haus und legte sie auf ihr Bett im Schlafzimmer. Als er damit fertig war, ging er zu seiner Frau und Tochter. Lisa sagte dann: „Ich werde morgen in den Wald gehen und die Herde suchen. Wenn ich sie gefunden habe lege ich die Ketten um den Hals des Rehleins. Ich hoffe, der Zauber hat ein Ende und ich kann meine Schwester wieder in die Arme nehmen." Die Nacht brach herein und auf einmal wurde das Haus der Nachbarin blutrot. Lisa und ihre Eltern hatten große Angst. Plötzlich hörten sie ein lautes Lachen und sahen, dass eine fliegende Figur mit Hörnern auf dem Kopf sich in den Himmel erhob und die böse Nachbarin im Arm. Der Teufel hatte die Hexe geholt, die Familie zitterte immer noch. Dann legten sie sich alle Drei in ein Bett und hielten sich ganz dolle fest. Der rote Schimmer das Nachbarhaus war verschwunden und es wurde tiefschwarze Nacht. Nach einiger Zeit schliefen die Drei. Mit den ersten Sonnenstrahlen, die ins Fenster tanzten, wurde Lisa wach. Geistesgegenwärtig stand sie auf, ging in die Küche, wo über den Stuhl die Kette hing, nahm diese und machte sich auf den Weg in den Wald. Sie war auch schnell an der großen Eiche. Sie nahm von der Erde einen dicken Ast und klopfte an den Stamm. Lisa brauchte nicht zu lange warten und das Eichhörnchen war da. Sie nahm das Tier auf ihren Arm und gingen in den Wald. Auf einer Lichtung fanden sie die Herde Rehe. Als ein Reh Lisa sah, lief es direkt auf sie zu. Lisa nahm die Kette und hängte das Tier die Kastanien-Eichelkette um. Der Edelstein fing wieder an zu leuchten und in dem Lichte stand plötzlich Lisas Schwester vor ihr. Beide fielen sich in die Arme und ließen sich nicht mehr los. Das Eichhörnchen sagte dann: „Nun ab nach Hause, eure Eltern warten schon!" Zu Hause angekommen war die Freude groß. Die Familie lebte noch lange am Waldrand. Aber das Nachbarhaus verfiel. Lisa und die Tochter fütterten jahrelang die Tiere im Wald und alle Eichhörnchen bekamen Körbe volle Nüsse, Kastanien und Eicheln.

Eine Fee im Märchenwald

Eine Fee liest im Märchenwald Häschen Märchen vor. Die beiden Häschen hören aufmerksam zu.

Das Märchen erzählt, wie der Osterhasen den kleinen Feen die Ostergeschenke bringt. Jeder sieht, dass dieser einen schweren Sack auf der Hasenschulter trägt.

Die Zeit vergeht und es wird Vesperzeit. Dazu hatten die kleinen Häschen Comicfiguren und Spielzeugpuppen eingeladen. Der Osterhase ist schon wieder weck, doch allen schmeckte es sehr gut, besonders das Bärchen haute kräftig rein.

Die kleinen Puppen aßen nicht viel, darum blieb viel von den Köstlichkeiten über. Hasimatzi, so hieß das eine Häschen, es hatte noch andere Häschen geholt, damit die Delikatessen alle wurden.

Morgen wollen die Feenknaben ein Schneckenrennen veranstalten und darum werden schon Wetten abgeschlossen, wer gewinnt.

Am nächsten Tag, am frühen Morgen, geht das Schneckenrennen los.

Viele Zuschauer sind gekommen und schauen sich die Wettfahrt an.

Auf dem Vorbereitungsraum machen die Schnecken sich warm.

Eine Schnecke hat sich bei den Rennen verletzt und wird von Elfenschmetterlingen geholfen, um wieder in die Bahn zu kommen.

Auch die beiden Konkurrenten Hase und Igel sehen sich das Wettrennen an

Die letzte Runde wird von einem Feenschmetterling eingeläutet.

Schön wart das Rennen und alle freuen sich.

Wahre Liebe

Es war einmal ein alter Mann, dieser war beim Doktor und wollte von diesen Tabletten haben. Er wollte wieder gesund werden. Da fragte der Doktor, sie sind doch gesund." Ja", meinte der alte Mann, „doch ich muss es auch sei, denn ich muss täglich meine Frau im Altersheim besuchen. Sie hat Altheimer und erkennt mich nicht mehr." Da schaute der Doktor dumm und fragte den alten Mann: „Dann brauchen sie nicht mehr zu besuchen". „Doch", sagte der alte Mann. „Wir sind schon über 50 Jahre verheiratet und ich liebe sie immer noch! Warum soll ich meine Frau aufgeben, sie war immer gut und nett zu mir. Sie hat mich geliebt und ich sie. Darum gehe ich jeden Tag zur ihr hin. Auch wenn sie mich nicht erkennt, darum erkenne ich sie aber". Da staunte der Doktor und sagte: „Das muss wirklich wahr Liebe sein"

Der Teufel und der Schäfer

Es war einmal ein Drache, der hatte ein Bündnis mit dem Teufel geschlossen und ihm seine Seele verschrieben, davor hatte der Drache ein riesiges Feuer bekommen. Damit machte er alle Felder der Bauern platt und verbrannte sie. So hatten die Bauern kein Stroh und Futter für die Tiere. Da gab es einen pfiffigen Schäfer, der in einem Ort eines Bauern wohnte. Dieser konnte ein bisschen zaubern. So machte er sich auf, um den Drachen zu suchen. Auf einem Feld fand er ihn. Da wollte der Drache allen Tieren Ungeziefer bringen. Doch diese zauberte der Schäfer weg. Er zauberte sie auf den Körper des Teufels. Dieser fing sich an zu jucken. Er holte wiederum den Drachen, der sollte ihm helfen. Dass der Drache den Teufel einen Fluss, um ihn zu waschen. Doch der Teufel wollte das nicht. Er fürchtete das Wasser. Da kam der Schäfer den Teufel und sagte: "Ich kann dir helfen, aber nur unter eine Bedingung. Schick den Drachen weg und lass alle Felder der Bauern wieder voll Getreide und Stroh sein. Das machte der Teufel und der Schäfer befreite den Teufel vom Ungeziefer. So wurde der Teufel ein Freund des Schäfers und es kam niemals mehr dort das in diese Gegend ein Drache kam.

Die faule Rosi

Es ist schon viel Wasser den Bach heruntergelaufen und ein Vater hatte zwei Töchter. Die Ältere war fleißig und brav und die Jüngere war stinkend faul. Diese hieß Rosi und die brave hieß Elsa. Nun musste sie beide auf den Acker gehen, um auf dem Feld zu arbeiten. Die faule Rosi aber legte sich unter einen

Kirschbaum und tat sich im Schatten gütlich. Elsa dagegen arbeitet fleißig auf dem Acker. Rosi dagegen war unter dem Kirschbaum eingeschlafen. Doch der Schlaf dauerte nicht lange, denn ein Frosch sprang auf das Gesicht von Rosi. Rosi erschrak und zitterte am ganzen Leibe. Der Frosch schaute Rosi ganz ruhig an und fragte das Mädchen: "Kannst du bei mir arbeiten"? Da dachte Rosi: "Was soll ich bei diesem Krötentier wohl arbeiten, das kann doch nicht viel sein." Sie sagte: "Ja!" Dann ging die faule Rosi mit dem hässlichen Frosch mit. Nach einiger Zeit kamen sie in einen Wald und dort stand ein herrliches Schloss. Solch ein Schloss hatte Rosi noch nie gesehen, obwohl sie den Wald gut kannte. Der Frosch hatte auf dem ganzen Weg nicht gequakt und nicht geredet. Aber als sie im Schloss waren, sagte er: "Jetzt musst du hier im Schloss sieben Jahre für mich arbeiten und bei mir bleiben. Du darfst dich auch sieben Jahre nicht mehr waschen und auch kämmen. Sieben Jahre bekommst du kein warmes Essen mehr. Da erschrak Rosi und sagte im Erschrecken: "Ja, das will ich gerne tun." Rosi freute sich, denn faulenzen war schon immer ihre Stärke. So vergingen die sieben Jahre und die Kröte kam und sagte: "Du darfst das Schloss jetzt wieder verlassen und du bekommst nun einen Lohn von mir, für die sieben Jahre Nichtstun. Der Abend kam und ein Unwetter zog auf, Blitze zuckte vom Himmel und ein mächtiger Sturm fegte über den Wald und das Schoss. Da klopfte es am Tore des Schlosses und ein einsamer Rittersmann stand davor und bat um Einlass. Rosi und der Frosch ließen ihm ein. Da befahl der Frosch Rosi: "Wasche und kämme dich und koche dem Ritter eine warme Mahlzeit!" Des Weiteren ziehe dich ein schönes Gewand an. Sie zeigte Rosi einen Kasten, indem ein herrliches Kleid lag. Rosi nahm das Kleid und ging in die Küche. Sie kochte eine deftige Suppe aus schönen weißen Bohnen.

Danach wusch und kämmte sie sich. Auch das herrliche Kleid passte ihr, wie angegossen. Dann brachte sie die Suppe in der großen Saal des Schlosses. Doch als Rosi dort rein kam, sah sie keinen Frosch mehr, sondern eine hübsche ältere Frau, die mit dem Ritter sprach. Die Frau sagte dann zu Rosi. "Du hast mich erlöst, denn ich wurde vor sieben Jahren verhext und verwünscht. Ich bin die Königin in diesem Lande und nur ein ganz gehorsames Mädchen konnte mich erlösen und das warst du. Auch wenn, du sehr faul warst. Mit diesen Worten verabschiedete sich die Königin und gab ihr den Rittersmann, welches ihr Sohn war, als Geschenk. Sie gab ihr auch den Schlüssel des Schlosses und seitdem wurde sie nie mehr gesehen. Rosi und der Sohn, der bald ihr Mann wurde, lebten noch sehr lange im Schloss im Walde und wie lange sie noch dort lebten ist mir nicht bekannt

Der arme Mann und die Katze

Es war einmal ein reicher Bauer, der hatte einen großen Bauernhof. Am Tage arbeiteten dort viele Mägde und Knechte. Nachts kam ein Mann, der hatte viel Glück und säte und pflügte. Einmal kam ein sehr armer Mann an dem Bauernhof vorbei und wunderte sich das dort nachts gearbeitet wurde." Was mach ihr hier?", fragte der arme Mann. „Wir pflügen das Glück in den Erdboden", bekam er zur Antwort. "Wo ist dann das Glück?", fragte der arme Mann. Da lief eine Katze über den Weg und er dachte: „Das ist das Glück." Da sagte einer der Pflügenden: "Nimm dir die Katze mit, die wird dir Glück und Reichtum bescheren." Da nahm der arme Mann die Katze mit. So machte er sich auf den Weg und kam an einen Fluss. Dort lag ein Schiff und er fragte, ob er mit fahren darf. So fuhr der arme Mann mit der Katze mit. Unter Deck bekam er mit der Katze ein Lager. Doch da waren viele Ratten und Mäuse. Da fing die Katze an die Ratten und Mäuse zu fangen. Am nächsten Tag am Morgen lag da ein großer Berg mit Ratten und Mäuse. Nun kam der Kapitän und sah den Berg, er freute sich und fragte den armen Mann: „Wie er das gemacht hatte?" „Es war meine Katze, die hat die Tiere alle gefangen." Da wollte der Kapitän die Katze haben. Doch der arme Mann verkaufte die Katze nicht. Da gab in der Kapitän fünf goldene Taler. Der arme Mann fuhr wieder zurück mit dem Schiff, natürlich kostenlos. Dort ging er wieder zu dem Bauernhof. Er wollte dort ein Quartier, doch der Bauer gab ihn keins. Eine Magd brachte den alten Mann in die Scheune, dort könne er schlafen. Auch da waren viele Ratten und Mäuse. Die fing die Katze auch. Am anderen Morgen war wiederum, ein Berg voller Tiere zu sehen. Da holte die Magd den Bauern und als er das sah, wollte er die Katze haben. Er fragte nach dem Preis der Katze, doch der arme Mann verkaufte die Katze nicht. Der arme Mann sagte. "Die Katze kannst du nicht bezahlen, denn es ist eine Glückskatze. Doch der Bauer machte den armen Mann ein Angebot. Er könnte für immer auf den Bauernhof bleiben und bekommt ein gutes Zimmer und jeden Tag ein Taler aus Silber, wenn er die Ratten und Mäuse alle wegfängt. Da willigte der arme Mann ein und so wurde er reich und hatte immer genug zu essen. Aus dem armen Mann wurde ein wohlhabender Mann, der sich mit seiner Katze das Leben freute.

Die Feigenbäume

Es waren zwei Herrscher, die stritten um ein Königreich. Darum gingen sie in den Wald und zählten die Bäume. Wer die meisten Bäume gezählt hatte, sollte das Königreich bekommen. Auch wer die meisten Bäume gefunden hatte, die Nahrung für die Menschen trugen, konnte sich große Hoffnung auf den Sieg machen. Plötzlich fand einer der Herrscher einen Feigenbaum. Die Feigen waren aus purem Gold und daneben stand noch ein Feigenbaum, deren Früchte waren aus dem reisten Silber.

Da staunte der Herrscher und dachte: "Ich behalte nur ein Stück Wald, wo die Feigenbäume wachsen. Mit den Früchten der Bäume kann ich in Reichtum schwimmen und mir alles leisten, was nur möglich ist."

So überließ er den anderen Herrscher das Königreich. Der Andere war mit dem Plan des Herrschers einverstanden. Nun baute sich der Herrscher einen wunderschönen Palast mitten im Wald, wo die Feigenbäume wuchsen. Im Herbst erntete der Herrscher die golden und silbernen Feigen. Anstatt die Feigen zu essen, verkaufte der Herrscher die goldenen und silbernen Früchte an einen Händler, der mit Gold und Silber handelte.

Er bekam dafür sehr, sehr viele Dukaten. So wurde der Herrscher reich und lebte nicht schlecht.

Der Händler hatte einen Sohn, der aß eine goldene Feige. Doch der Sohn wurde auf einmal ein goldfarbener Vogel. Das fand der Händler gar nicht gut. Er ging zu dem Herrscher und wollte die Dukaten zurückhaben. Das machte aber der Herrscher nicht. So kam es zu einem Streit. Da ging auf einmal die Türe des Palastes auf und der goldene Vogel kam hereingeflogen. Jetzt hatte der Herrscher eine Idee. Er holte eine silberne Feige und ließ den Vogel daran picken. Es war Wirklichkeit geworden, das sich der

Herrscher dachte. Aus dem goldenen Vogel wurde wieder ein Mensch, und zwar der Sohn des Händlers. Damit war der Streit beigelegt und alles war wieder gut. Nun wusste man was die Feigen für einen Zauber verursachte. Darum kochte man aus den goldenen und silbernen Feigen einen Brei und diesen formte man wie kleine Barren. Als der Brei erkaltet war, hatte man Gold- und Silberbarren. Mit diesem Ausgang wurde allen gerecht getan und so lebten sie noch viele Jahre und ernteten, verkauften und formte die Barren.

Die drei Mäuse

Im Abenteuerland wohnte zwei kleine Mäuse. Sie waren sehr fleißig und sammelten von früh bis spät Vorräte, für den Winter. Sie trugen alles, was zum Fressen war in ihre Maushöhle. Die beiden Mäuse sammelten im Sommer und auch im Herbst Vorräte und gönnten sich keine Ruhe bis ihre Vorratskammer voll waren. Da war noch eine dritte Maus und diese war faul. Sie lief lieber auf dem Abenteuerspielplatz herum und freute sich, auf ihr schönes Leben. Sie tanzte und sang aus voller Mausekehle. Als die warmen Tage zu Ende waren, fing die faule Maus an auch sich zu bevorraten. Doch leider fand sie nicht mehr viel. Sie fand nur ein paar Körner und Nüsse. Nun fing es an zu schneien und die fleißigen Mäuse saßen in ihre Maushöhle und wenn sie Hunger hatten, dann fraßen sie aus ihrer Vorratskammer von ihren Vorräten. Der Winter war lang und die beiden Mäuse langweilten sich. Sie hofften, dass irgendwer zu Besuch kommt, damit sie was zu erzählen hätten. Die faule Maus hatte bald ihre Vorräte aufgefressen, sie hatte Hunger und da es kalt war, fror sie noch dazu. Sie lief aus ihrem Bau zu den anderen zwei Mäusen und bittet um Hilfe. "Ich bin so hungrig und wenn ich nicht bald etwas zu fressen bekomme, muss ich sterben". "Hast du keine Vorräte mehr?", fragte die eine Maus von den zwei Mäusen. "Hättest du im Sommer und im Herbst mehr und öfter gesammelt, wie wir, dann würde es dir nicht so schlecht gehen". Danach schickten die beiden Mäuse die faule Maus wieder weg. Kaum war die faule Maus weg, da langweilten sich die zwei Mäuse wieder. Sie sprang daraufhin auf und liefen zu der faulen Maus. Sie holten sie in ihre Maushöhle und gaben ihr etwas zu fressen. Danach tanzte sie und sangen alle drei Mäuse. Sie plauderten und ab da durfte die faule Maus bei den zwei fleißigen Mäusen bleiben bis den Frühling kam. Da hatte die faule Maus Glück gehabt und kam gesund und satt über den Winter.

Das gestohlene Töpfchen des süßen Brei

Im Märchenwald liegt ein größeres Dorf. Dort haben sich die Heinzelmännchen angesiedelt.
Die Heinzelmännchen haben auf einen Bauernmarkt ein Töpfchen gekauft
und bei einer Märchenstunde in ihrem Haus wurde das Märchen vom süßen Brei erzählt.
Der Märchenerzähler Hennig, las grade die Worte Töpfchen koche und plötzlich fing der Topf, der auf dem Herd stand, an zu kochen.
Sie wunderten sich und staunten nicht schlecht. In den nächsten Tagen aßen sie des Öfteren den versüßten Brei. Der Geschmack war ein Gedicht und Hochgenuss.

Vor dem Haus der Heinzelmännchen saß ein Bettler, der bettelte oft und die Heinzelmännchen brachten ihm manchmal eine Schüssel süßen Brei heraus, als Mahlzeit.

Sie ließen dabei oft ihre Türe offen und man konnte vom Platz des Bettlers, in die Küche der Heinzelmännchen sehen. Einmal, als die Tür zum Lüften auf war, hörte und sah der Bettler, wie einer der Heinzelmännchen die Speise kochte. Er hörte auch den Satz "Töpfchen koche" und das Töpfchen dampfte. In diesem Moment machte einer der Heinzelmännchen die Tür des Hauses zu und der Bettler bekam nicht die Worte mit, wie das Töpfchen aufhört zu kochen.

Dem Bettler hatte plötzlich ein Gedanke, dieses Töpfchen klaue ich mir und dann habe ich immer etwas zum Essen.

Zwei Tage später, hatte er die Gelegenheit das Töpfchen zu mopsen.

Er ging zum Ende der Straße, die leicht bergauf führte und setzte sich dort hinter eine Bank, die von einem großen Busch verdeckt war. Der Bettler stellte das Töpfchen auf die Bank und sprach die Worte: "Töpfchen koche" und der kleine Topf fing an, den süßen Brei zu kochen.

Der Bettler holte einen Löffel aus seiner Hosentasche und löffelt aus dem Töpfchen den Brei. Das Gefäß kochte und kochte. Plötzlich war der Halunke satt und er schaffte keinen Brei mehr. Das süße Essen lief über dem Topf. Es wurde immer mehr und lief die Bank herunter, dann hinter den Topf bis auf die Straße. Der Topf hörte nicht auf zu kochen, darum lief der Brei die Straße herunter, bis zu dem Haus der Heinzelmännchen.

Diese hatten bereits bemerkt, dass das Töpfchen geklaut war. Sie liefen den Breifluss nach und sahen das Töpfchen auf der Bank stehen und der Bettler saß daneben. Einer der Heinzelmännchen stoppte den Topf mit den Worten: "Töpfchen steh" und die Anderen kleinen Männer stürzten sich auf den Dieb und brachten ihn in ihren Keller, wo sie den Halunken einsperrten.

In dem Dorf kamen die Bewohner und holten sich jeder eine Mahlzeit. Die Heinzelmännchen säuberten die Straße des Dorfes. Der Bettler musste als Strafe vier Wochen lang, zu jeder Mahlzeit Süßen Brei essen nach zwei Tagen kam ihm der Brei aus den Ohren und konnte keinen Brei mehr essen. Weiterhin musste er im Dorf sämtliche Bäume und Sträucher schneiden und alle Wege zum Märchenwald säubern.

Die Roseburg und der Geist

Das wahre Dornröschenschloss ist die Roseburg am Rande des Harzes. Es ist aber kein Schoss, sondern eine Burg. Sie ist noch nicht alt, nur fast einhundert Jahre. Doch sie hat in dieser Zeit schon viel erlebt. Auch ist sie nicht so zugewachsen, wie das Dornröschenschloss. Die Burg ist im Sinne einer Festung gebaut. Doch trotzdem kann man über sie viel erzählen. Auch hat sie einen großen Park, den ein englischer Gärtnermeister angelegt hat. In dem Park hausten wilde Tiere und Harzgeister. Diese bekämpften sich gegeneinander. Bis zum Kriegsende 1945, da besetzten die Russen das Schloss. Sie töteten alle wilden Tier und versuchten die Harzgeister zu vertreiben. Doch es gelang ihnen nicht. Sie spuken heute noch. Auf der Straße neben der Burg gibt es oft viele Wildunfälle mit dem Auto. Ein Kriminalpolizei wollte diese Wildunfälle aufklären. Er prüft sie heute noch. Ein Geist in Menschengestalt züchtet Wildtiere, Rehe, Wildschweine usw. Und immer wenn ein Auto kommt, scheucht er ein Tier über die Straße und dann kollidiert das Tier mit dem Auto. Es gibt dann einen Unfall. Oft muss der Fahrer den Unfall mit dem Tod bezahlen. Eines Tages war es wieder mal so weit und er scheuchte ein Tier über die Straße. Doch dieses Mal kam der Autofahrer gut vorbei und er sah im hinter einer Mauer den Geist in Menschengestalt. Er hielt mit seinem Auto an und schaute hinter die Mauer. Dort sah er ein Gatter mit vielen Tieren und er dachte: "Das kann doch nicht möglich sein. Wo kommen die Tiere bloß her?" Da fuhr mit seinem Auto zur nächsten Polizei und erzählt, was er gesehen hatte. Die Polizisten holten den Kriminaler und der untersuchte die Rosenburg. Dort fand er alle wilden Tiere. Doch der Geist fing mit dem Kriminaler an zu spuken. Doch dieser war schlau und holte seine Oma und war so etwas Ähnliches, wie eine Hexe. Sie wusste sofort, was hier vorging. Sie macht an einem Feiertag ein großes Feuer auf der Rosenburg und ließ es den ganzen Tag brennen. Das hatte der Geist gar nicht gern und machte sich auf den Weg und suchte sich einen anderen Ort im Harz. Er flog bis zum Brocken und nun spukt er mit den Hexen und Teufel in der Walpurgisnacht. Seit dieser Zeit ist die Roseburg wieder Geister frei. Der Kriminaler hatte einen gute Job gemacht und konnte alle Verkehrsunfälle an der Burg klären. Jetzt kann man wieder unbehelligt zur Roseburg wandern und besichtigen.

Die schöne Anna

Die schöne Anna war eine Tochter des Grafen von Falkenstein. Er hatte sein Schoss mitten im Walde. Der Tochter wurde es zu langweilig, immer im Schloss zu sitzen und mit den Hofdamen zu spielen. Sie zog ein grünen ein Kleid mit einem grünen Umhang, machte ihre gelben Haare schön und durchstreifte den

Wald um das Schloss. Im Wald sah sie viel Wild und viel bunte Blumen. Sie pflückte einer Rose und steckte sie in ihr Haar. Da kam plötzlich ein verkleideter Mann und schimpfte sie aus, weil sie die rote Rose gebrochen hatte.

„Wie kann man es wagen, die Rose vom Falkenstein pflücken und hier in den Zauberwald herumzulaufen?", fragte er Anna. „Ich habe doch nichts Böses gemacht", antwortete das hübsche Mädchen. „Ich bin der Wächter des Zauberwaldes und passe auf, dass niemand den Frieden im Walde stört", sagte der junge verkleidete Mann. Doch dann wurde sein Gesicht mit einem Lächeln überzogen und er pflückte noch eine weiße Rose und steckte sie Anna in das Haar. "Jemand, der so hübsch wie du bist, darf die Rosen vom Falkenstein tragen". Da fragte Anna, „wer bist du dann eigentlich"? „Ich bin ein Feenritter und Zauberer und werde Sisma genannt". „Ja, von dem habe ich schon gehört" und warf die anderen Blumen, die sie noch am Gürtel hatte, ganz schnell fort. „Du brauchst vor mir keine Angst zu haben, ich war ein Waisenkind und der Graf vom Falkenstein hat mich auf sein Schloss geholt und ich musste den Zauberwald bewachen".

Eines Tages kam ein mächtiger Sturm und er fegte mich aus dem Wald und als zu aufwachte, war ich im Feenwald. Dort lernte ich zaubern und noch vieles mehr. Danach schickte sie mich zurück und „seitdem passe ich hier im Zauberwald auf".

Das hübsche Mädchen fragte den verleideten Mann: „Kann ich auch zaubern lernen"?

„Ach, lass es sein, dann bist du unglücklich, wie ich. Ich würde mir wünschen, wieder ganz normal zu sein, wie du". „Wie kann ich dir helfen und den Zauber brechen, fragte das Mädchen? „Doch, es gibt eine Möglichkeit, denn heute Nacht ist Halloween und dann kommen die Feen in unseren Zauberwald und feiern die ganze Nacht und ich muss mitfeiern.

Sie sind auch verkleidet, besonders schön die Feenkönigin. Sie kommt auf einem Pferd geritten. Es ist ein besonderes Pferd, es besteht aus purem Gold. Auch kommt wieder ein fürchterlicher Sturm den Wald zu beben bringt. Wenn dann die Königin mit ihrem Pferd stürzt und ihr die Halloweenmaske vom Gesicht reißt, wäre der Fluch und Zauber gebrochen"!

„Ich werde dir helfen", sagte das Mädchen und sie blieb bis zur Nacht im Zauberwald.

Und wie es Simsa gesagt hat, kamen mit Radau die Feen. Das Mädchen spannte ein Seil über den Hauptwaldweg und als die Feenkönigin dort lang ritt, fiel sie vom goldenen Pferd. Dann lief sie schnell hin und riss ihr die Halloweenmaske vom Gesicht. Auf einmal wurde es ganz still im Wald und vordem Mädchen stand ein wunderschöner Mann. Es war Simsa. Auch waren auf einmal alle Feen verschwunden, nur das goldene Pferd lag auf dem Waldweg. Der Zauber war gebrochen und Simsa und das hübsche Mädchen gingen zum Schloss. Sie heirateten, und waren glücklich und reich, da sie nun sehr viel Gold hatten.

Die Regenbogenwächter

Am Horizont, wo Erde und Himmel aufeinander stoßen, leben die Regenbogenwächter. Sie haben die Aufgabe, die Farben des Regenbogens zu bewachen, damit sie keiner klauen kann. Die Farben sind in großen Eimern in einer Höhle am Rande des Horizonts versteckt, wenn diese gebraucht werden, kommen die Regenbogenmacher und holen die Farben. Dazu muss es aber regnen und gleichzeitig die Sonne scheinen und diese muss in einem bestimmten Winkel zu den Regenbogen stehen, damit die Klappen zum Regenbogen geöffnet werden können und die

Regenbogenmacher die Farben in den Regenbogen schütten können. Nur wenn die Sonne in diesen Winkel zu den Wolken steht, werden diese sichtbar.

Eines Tages trug sich zu, dass die bösen Farbfresser, ein winziges Zwergenvolk, sich auf den Weg machten, um die Farben des Regenbogens zu klauen und diese aufzufressen. Der Donner und der Blitz halfen die Farbfresser dabei, denn sie hatten einen Groll auf den Regenbogen. Es war bald so weit, dass die Regenbogenwächter besiegt worden.

Doch am Himmel, die Sonne hatte alles beobachtet und griff in die Verteidigung der Regenbogenfarben ein. Sie fing ganz grell an zu scheinen und blendete die Farbfresser, sodass diese den Rückzug antreten mussten, um nicht blind zu werden. Auch der Donner und der Blitz konnten das grelle Licht der Sonne nicht vertragen und zogen sich hinter den Horizont und die Berge zurück.

Die Farbfresser versuchten seit dem nie wieder, die Farben des Regenbogens zu klauen und wir sehen des Öfteren wieder einen farbenprächtigen Regenbogen am Himmel.

Der Hirte und die drei Mädchen und die Käseprobe

Es war einmal ein Hirte und er hütete die Schafe schon einige Jahre. Er hatte eine Hütte am Waldesrand vor einer großen Wiese, wo er oft seine Schafe fressen ließ. Der Hirte war ständig allein und das passte ihn gar nicht mehr. Er wollte sich eine Frau suchen und heiraten. Am anderen Ende des Waldes wohnten drei hübsche Mädchen. Er hätte gerne eine davon. So lud er eines Tages alle drei Mädchen ein. Zum Abendbrot gab es Käse (Harzer Käse). Das erste Mädchen wollte den Käse nicht und meinte: „Der stinkt". Das zweite Mädchen aß den Käse, aber sie aß nur das Weiche ringsherum. Das innere, das Weiße, ließ sie liegen. Das dritte Mädchen aß alles von dem Käse. Nach einem Tag ging der Hirte zu seiner Mutter und erzählte ihr, dass er gerne heiraten möchte und er habe da auch schon drei Mädchen im Blick. Er hatte sie eingeladen zum Abendbrot und es gab Harzer Käse, aber nur eine der Mädchen hat diesen ganz aufgegessen. Als die Mutter das hörte, empfiehl sie ihren Sohn, das dritte Mädchen zur Frau zu nehmen. Wiederum einen Tag später ging er zu den drei Mädchen und er fragte das dritte Mädchen, ob sie ihm heiraten möchte. Sie willigte ein und nach vierzehn Tagen war die Hochzeit. Nun war der Hirte nicht mehr allein und beide lebten glücklich zusammen bis zum Lebensende. Auch aßen oft den Harzer Käse, der sie zusammengebracht hatte.

Ein Zauber macht blind

Nicht weit vom Ende eines Harzstädtchens entfernt ragt ein Felsen in das Tal. In der Nähe entspringt ein Fluss. Idyllisch schlängelt und munter fließt er von Stein zu Stein. Er war mal Schauplatz einer traurigen Geschichte. Dort stand mal ein schönes Schloss und darin lebte ein König mit seiner Tochter. Diese war charmant, schön und bezauberte alle Ritter der Umgebung. Sie sah aus wie ein göttliches Wesen. Unweit wohnte eine alte Hexe mit ihrer Tochter. Die Tochter sah nicht gerade schön aus, man sagte: „Sie wäre hässlich." Eines Tages kam ein edler Ritter und warf auf die Tochter der Hexe nur einen Blick. Als die Hexentochter ihm sah, verliebte sie sich in ihn. Sie wollte, dass ihre Mutter ihn verzaubert, dass er sie als ein hübsches Mädchen ansah. Und wie das bei Hexen so ist, klappte der Zauber. Der edle Ritter sah sie wirklich als hübsches, lieb reinstes Wesen an und vergaß seine Weiterreise. Bald wurde die Hochzeit geplant. Der Ritter ritt einige Tage darauf in den Wald und weil der Tag heiß war, badete er in dem kühlen Waldsee. Dabei wurden auch seine Augen nass. Als er nach Hause kam, war der Zauber aus den Augen herausgewaschen. Er sah mit Schrecken seine zukünftige Braut. Er nahm sofort sein Pferd und ritt auf das Schloss des Königs. Dort erzählte er alles und dabei sah die wunderschöne Tochter des Königs. Auch sie fand in sehr passabel und sie verliebte sich in den Ritter. Das hörte die Hexe und ihre Tochter und sie wollten es verhindern. Die Walpurgis Nacht war nicht weit und die alte Hexe ritt mit ihren Hexenbesen auf den Brocken und bat den Höllenfürsten, Teufe, um Hilfe. Dieser schickte in unheimliches Unwetter in das Tal, wo das Schloss des Königs stand. Teile des Felsen stürzten aus dem Schoss und alle die grade drinnen waren wurden vom Fluss mitgerissen, auch der Ritter. Die Tochter des Königs aber hatte Glück und blieb am Leben. Doch der Felsen blieb verwunschen. Noch heute hörte eine leise wehklagende der Tochter des Königs, sie ruft nach ihren Liebsten. Geht man aber im Waldsee baden und hat etwas Gutes im Sinn, so geht es in Erfüllung. Hat man aber etwas Böses im Sinn, wird man in eine alte Tanne verwandelt. In dem Waldsee lebt eine Wasserfee.

Die Jungfer und der Hirte

Im Harz auf einem hohen Berg stand ein prächtiges Schloss, doch es war im Berg versunken. Eines Tages aber wird es wieder aus dem Berg hervorkommen. Auch die Jungfer "Grün" war mit dem Berg versunken. In der Nacht zum erstem Mai, so nach einhundert Jahren kam das Schloss wieder hervor und damit auch die Jungfer "Grün". Diese wanderte dann auf dem Berg herum und war ganz grün angezogen. Da traf sie eine Wandergruppe und weil sie so grün angezogen war, riefe sie: "Hallo Jungfer Grün"!

Danach gingen alle in das Schloss und besichtigten es. Als sie so durch das Schloss gingen, öffnete sich eine Falltür und alle fielen in einen Raum im Keller des Schlosses. Dort war ein Regal mit lauter alten Büchern. Es waren etliche Bände und erzählten die Historie des Schlosses. In einem der Bücher stand auch, von wem die Jungfer "Grün" Abstand und wie sie erlöst werden kann. Einer der Wanderer war ein Amtmann und studierte das Buch der Jungfer "Grün". Doch plötzlich fing der Berg an zu rütteln und ein Hirte der grade über mit seinen Schafen über den Berg ging, fiel auch in den Raum mit den Büchern. Da sah der Hirte die Jungfer "Grün" und erkannte sie. Es war eine Hexe, die immer zur Walpurgis Nacht auf den Berg Brocken kann und dort tanzte. Er ging zu ihr und küsste sie. Da wurde aus der Jungfer "Grün" eine tolle Frau und alle, die dort im Raum waren, bewunderten sie. Doch sie nahm den Hirten in den Arm und verließen das Schloss und gingen zum Haus des Hirten. Dort wohnten sie und liebten sich bis an ihr Lebensende. So wurde die Jungfrau "Grün" erlöst und der Hirte hatte eine Frau. Jedes Jahr zur Walpurgis Nacht verwandelte sich die Frau vom Hirten in eine Hexe und fliegt mit den Besen auf den Brocken, um dort zu tanzen.

Das Schloss

Es war einmal ein Graf. Der Zweite Weltkrieg ging zu Ende und die amerikanische Armee eroberte den Harz. Für die Bewohner war das nicht schlimm. Sie hatten die Nazis verjagt. Dann kam eine Konferenz in Potsdam und Deutschland wurde in vier Sektoren aufgeteilt. Leider bekam die Sowjetunion den Harz zu gesprochen. Für die Menschen dort war das eine Katastrophe. Auch für unseren Grafen. Er wollte fliehen und in den amerikanischen Sektor.

Doch zum Fliehen hatte er keine Ausrüstung. Kein Auto, nur ein Fahrrad. So musste er zu Fuß mit seiner Familie fliehen. Sein ganzes Hab und Gut musste er auf seinem Schloss in Stollberg lassen.

Es wurde auch sofort von den Russen besetzt. Sie hausten dort, wie die Vandalen. Der Graf machte sich eines Tages auf die Flucht und wollte auch noch ein paar Kleinigkeiten als Andenken mitnehmen.

Doch er hatte kein Gefährt. So gab ihm seine Dienerin von zu Hause ihren Handwagen. Er gab ihr dafür eine alte chinesische Vase von ungefähr aus dem 1700 Jahrhundert. So floh der Graf und seine Familie

in den westlichen Sektor. Die Dienerin blieb aber im Harz. Auch sie blieb im Schloss und musste das Quartier der Russen sauber halten. Dann gründeten die Russen und die Kommunisten einen neuen Staat. Die DDR wurde gegründet. So wurde aus dem Schloss ein Ferienheim für den FDGB. Die Sachen aus dem Schloss plünderten die Russen. Nur die Möbel blieben darin. Auch die Dienerin blieb weiterhin im Schloss. Die Jahre vergingen und nach vierzig Jahren wurde aus der DDR und der BRD wieder ein einheitliches Deutschland. Die Dienerin wurde alt und starb bald und diese chinesische Vase vererbte sie ihre Enkelin und diese steht heute in ihrem Wohnzimmer. Auch der Graf kam zurück nach. Er baute das runtergekommene Schloss wieder auf und wenn sie es besichtigen wollen, dann fahren sie in den Harz.

Der arme Mann und die Katze

Es war einmal ein reicher Bauer, der hatte einen großen Bauernhof. Am Tage arbeiteten dort viele Mägde und Knechte. Nachts kam ein Mann, der hatte viel Glück und säte und pflügte. Einmal kam ein sehr armer Mann an dem Bauernhof vorbei und wunderte sich, dass dort nachts gearbeitet wurde. Was mach ihr hier?", fragte der arme Mann. „Wir pflügen das Glück in den Erdboden", bekam er zur Antwort. "Wo ist dann das Glück?", fragte der arme Mann. Da lief eine Katze über den Weg und er dachte: „Das ist das Glück." Da sagte einer der Pflügenden: "Nimm dir die Katze mit, die wird dir Glück und Reichtum bescheren." Da nahm der arme Mann die Katze mit. So machte er sich auf den Weg und kam an einen Fluss. Dort lag ein Schiff und er fragte, ob er mit fahren darf. So fuhr der arme Mann mit der Katze mit. Unter Deck bekam er mit der Katze ein Lager. Doch da waren viele Ratten und Mäuse. Da fing die Katze an, die Ratten und Mäuse zu fangen. Am nächsten Tag am Morgen lag da ein großer Berg mit Ratten und Mäuse. Nun kam der Kapitän und sah den Berg, er freute sich und fragte den armen Mann: „Wie er das gemacht hatte?" „Es war meine Katze, die hat die Tiere alle gefangen." Da wollte der Kapitän die Katze haben. Doch der arme Mann verkaufte die Katze nicht. Da gab in der Kapitän fünf goldene Taler. Der arme Mann fuhr wieder zurück mit dem Schiff, natürlich kostenlos. Dort ging er wieder zu dem Bauernhof. Er wollte dort ein Quartier, doch der Bauer gab ihn keins. Eine Magd brachte den alten Mann in die Scheune, dort könne er schlafen. Auch da waren viele Ratten und Mäuse. Die fing die Katze auch. Am anderen Morgen war wiederum, ein Berg voller Tiere zu sehen. Da holte die Magd den Bauern und als er das sah, wollte er die Katze haben. Er fragte nach dem Preis der Katze, doch der arme Mann verkaufte die Katze nicht. Der arme Mann sagte. "Die Katze kannst du nicht bezahlen, denn es ist eine Glückskatze. Doch der Bauer machte dem armen Mann ein Angebot. Er könnte für immer auf dem Bauernhof bleiben und bekommt ein gutes Zimmer und jeden Tag ein Taler aus Silber, wenn er die Ratten und Mäuse alle wegfängt. Da willigte der arme Mann ein und so wurde er reich und hatte immer genug zu essen. Aus dem armen Mann wurde ein wohlhabender Mann, der sich mit seiner Katze das Leben freute.

Hänschen und Gretchen und die Fischchen

Hänschen und Gretchen waren noch klein. Eines Tages gingen sie in den Wald, um blaue Beeren zu sammeln. Jedes Kind hatte ein Töpfchen. Bevor sie den Wald erreichten, kamen sie an einen Weiher. In den Weiher schwammen kleine Goldfische. Da fing sich Hänschen ein paar Goldfische und tat sie in sein Töpfchen. Als das Töpfchen voll war, legte er sein kleines Messer obendrauf. Plötzlich kam aus dem naheliegenden Wald ein Bär. Er kam direkt auf die Kinder zu. Da bekam Hänschen und Gretchen Angst und stellten ihre Töpfchen auf dem Boden und liefe so schnell sie konnten davon. Sie versteckten sich hinter einem dichten Strauch. Der Bär fraß das Töpfchen mit den Fischchen und verschluckte auch das Messerchen. Danach lief er wieder in den Wald. Die beiden Kinder wagten sich von ihrem dichten Busch wieder vor. Dann sahen sie, dass die Fische, das Töpfchen und das Messerchen weg waren. Da fingen die Kinder an zu weinen und sie gingen zu ihrem Vater. Sie erzählten ihm alles, was passiert war. Der Vater holte sein Gewehr von der Wand und ging mit ihnen in den Wald. Sie suchten den Bären. Unter einem Baum wurden sie fündig. Der Bär lag da und schlief ganz fest. Der Vater nahm sein Gewehr und stieß den Bären damit an. Doch dieser reagierte darauf nicht. Da holte der Vater ein Messer aus der Tasche und schnitt damit den Bären den Bauch auf. Er holte die Fische, das Töpfchen und das Messerchen aus dem Bauch heraus. Dann nähte er dem Bären den Bauch wieder zu. Er gab Hänschen die Fische, das Töpfchen und das Messerchen wieder zurück. Im Weiher füllten sie das Töpfchen wieder mit Wasser. Der Junge nahm sein Töpfchen und beide gingen in den Wald und suchten Blaubeeren. Der Bär dagegen hatte nichts gemerkt und schlief noch fast zwei Stunden. Danach ging er in den Wald und suchte sich etwas zu Fressen. Hänschen und sein Vater gingen mit einem gefühlten Töpfchen wieder nach Hause. Zu Hause bemerkten sie, dass keine Blaubeeren mehr im Töpfchen waren und statt Goldfische ganz blaue Fische im Töpfchen herumschwammen. Damit gingen Hänschen und Gretchen in den Garten und ließen die blauen Fische in ihren Gartenteich wieder frei. Danach spielte sie mit ihren Messerchen und waren wieder fröhlich und zufrieden.

Die verhexte Prinzessin

Es war einmal ein Königs-Reich, in der Nähe eines großen Waldes. Dort am Wald stand das Schloss und in diesem regierte ein König mit seiner Königin. Das Königspaar hatte eine Tochter. Die Prinzessin war fast in einem heiratsfähigen Alter. Im Nachbarland regierte ein König, der eine Hexe, die sich als junge Hübsche als Königin verwandelt, hatte. Auch das Königspaar hatte ein Kind. Es war ein Prinz, der fast so alt war, wie die Tochter aus dem anderen Königreich. Die Hexe beschloss, dass ihr Prinz die Tochter der Nachbarkönigin heiraten soll. Sie wollte damit erreichen, dass ihr Königreich dadurch größer würde, weil ihr Sohn einmal König wird und somit vergrößerte sich ihr Königsreich, mit dem des Nachbarlandes. Der Prinz wurde später auch König des Nachbarlandes.

Die Hexe ließ den König und die Königin des Nachbarlandes wissen, dass ihr Sohn die Prinzessin heiraten muss. Mit diesem Vorschlag waren die Eltern der Prinzessin nicht einverstanden und auch nicht die Prinzessin. Der Prinz der Hexe war ein sehr hässlicher Junge und sehr unansehnlich.

Als die Hexe von der Ablehnung ihres Vorschlages erfuhr, war sie wütend und holte ihren Hexenbesen. Sie flog in das Nachbarland, dort suchte sie die Prinzessin. Das hübsche Mädchen machte mit ihren Freundinnen einen Waldspaziergang und suchte dabei Waldbeeren. Als die Hexe die Prinzessin sah, verhexte sie die junge Maid in ein Reh und sprach zu ihr: „Du sollst nur wieder deine Gestalt bekommen, wenn ein Bauernjunge dich liebt und dir Beerenfrüchte mitbringt und diese dir zu essen gibt." Dann setzte sie sich auf ihren Besen und wart verschwunden. Ein Bauernjunge im gleichen Alter hatte alles mit angesehen und gehört. Er sah das wunderschöne Mädchen, wie es sich als Reh verwandelte und in den Wald lief.

Die königlichen Eltern sind sehr unglücklich, als ihre Prinzessin nicht mehr nach Hause kam und sie erfuhren, was mit ihrer Tochter geschehen war.

Der König ließ verlauten, wer den Zauber auflösen kann, bekommt sein Königreich und wenn das ein junger Mann ist seine Tochter, die Prinzessin, zur Frau. Als der Bauernjunge von dem Erlass hörte, nahm er sein Pferd und ritt in den Wald, um die Prinzessin, das liebreizende Mädchen zu suchen und zu finden. In diesem Wald in einer kleinen Hütte lebte ein uralter Mann. Jeden Tag saß er auf einer Bank vor seinem Häuschen und schaute sich die Umgebung. Er hörte, wie die Vögel sangen, er spürte den Wind wehen, der mit den Blättern der Bäume spielte, er fühlte die Sonnenstrahlen auf seiner Haut, die sie braun werden ließ, er roch den würzigen Tannenduft des Waldes, und sah, wie die Tiere des Waldes immer wieder zutraulich zu ihm herankamen.

Der Alte redete mit ihnen und er hörte sich alle Sorgen der Waldbewohner an. Der Hase beklagte sich über den Wolf. Das Reh über den Lux und die Mäuse über Fuchs. Nur der Igel hatte keine Sorgen. Für den Greis war es ein schönes Leben. Eines Tages kam ein Reiter des Weges und fragte den Alten nach dem Weg aus dem Wald. Er hatte sich verirrt.

Der Grauhaarige schüttelte mit dem Kopf. „Ich weiß es nicht, lebe schon hundert Jahre hier in dem Wald und habe ihn noch nie verlassen." Da stieg der Bauernsohn vom Pferd und fragte den hundertjährigen Mann, ob er sich eine Weile mit auf die Bank ausruhen dürfe und ein wenig Wasser bekommen könnte.

Der Alte holte aus der kleinen Hütte Wasser, gab es dem Reiter und beide erzählten über sich.

„Ich bin ein Bauernsohn und suche das verwünschte Mädchen der Königin. Sie soll hier im Wald als Tier leben, ich glaube als Reh."

Der alte Mann überlegt und sagte plötzlich zu den Burschen: „Mir ist aufgefallen, dass ein Reh sehr zutraulich zu mir war. Es geschmiegt sich immer an mich heran. Die Rehe kommen einmal die Woche zu mir und ich geben ihnen frisches Heu und Kastanien. Die Kastanien fressen sie besonders gern, die braune Kastaniennüsse sammle ich immer im Herbst im Wald für die Tiere."

Der Alte sprach dann weiter: „Wenn du möchtest, kannst du bleiben, bis die Herde wiederkommt. Schlafen kannst du in meinen Schuppen. Dort liegt genug Heu und da kannst du dir ein gemütliches Lager machen."

Der Bursche antwortete: „Ja, ich würde gern hier bleiben und auf die Rehe warten und mir das brave Tier anschauen. Es kann sein, dass dieses Reh die verwünschte Prinzessin ist. Auch würde ich gern die Rehe mit füttern, wenn du mir das gestattest."

„Bleib ruhig hier und du kannst mir beim Brotbacken und beim Suchen von Waldfrüchten helfen", sagte der alte Mann.

Am nächsten Tag backte der Bauernsohn mit dem Grauhaarigen Brot, dabei übernahm er den Teig kneten. Der Alte hatte nicht mehr solche Kraft, den Teich zu vermengen. Als das Brot im Backofen des Herdes war, setzten sie sich auf die Bank vor dem Waldhaus und ließen sich von der Sonne verwöhnen.

„Es ist sehr schön, dass du hier geblieben bist, so bin ich nicht immer allein, meinte der alte Mann. Heute Nachmittag suchen wir im Wald Pilze, die gibt es zum Abendessen", sagte dann der Alte zu dem Bauernburschen. „Wir können auch noch Waldbeeren sammeln. Zurzeit wachsen Heidelbeeren, Brombeeren und Himbeeren."

Der Bauernjunge dachte, „Au, das passt, die Hexe hat etwas von Waldbeeren gesagt, als sie die hübsche Prinzessin in ein Reh verwünscht."

Nach einer Stunde war das Brot fertig und die Beiden kosteten das leckere schmackhafte Brot, welches auf Reisig aus dem Wald gebacken war.

Am späten Mittag gingen sie in den Wald und suchten Pilze. Dabei fielen ihnen die Brombeeren und Himbeeren ins Auge. Nach zwei Stunden hatten sie einen Korb voll Pilze und auch je einen großen Korb Beeren.

Nach dem Abendessen ging der Bauernjunge in sein weiches Lager im Schuppen und er schlief sehr gut.

Plötzlich am frühen Morgen vernahm er vor dem Waldhaus Getrappel. Er stand auf und ging hinaus. Da sah er die Rehe, er holte schnell aus dem Schuppen frisches Heu und Kastanien und fütterte die Rehe. Dabei setzte er sich auf die Bank vor dem Waldhaus und saute den Rehen beim Fressen zu.

Mittlerweile kam auch der Grauhaarige. Er setzte sich dazu und gab den Bauernburschen ein paar Beeren, die sie gestern gesammelt hatten als Frühstück. Auch die Ziege des alten Mannes kam aus dem kleinen Stall, der an Waldhaus neben an war. Sie äste auch mit den Rehen.

Die Frühsonne lachte, als plötzlich ein Reh auf die Beiden zu kam und sich anschmiegte. Der gut aussehende Bauernjunge streichelte und kraulte das Tier. Dann nahm er die Waldbeeren und gab einige dem Reh zum Fressen.

Auf einmal hörte er ein Rauschen und das Reh verwandelte sich in die junge Prinzessin. Sie war von dem bösen Zauber der Hexe befreit. Sie bedankte sich bei den Bauernjungen und dem Greis.

Danach machten sie sich auf den Weg zu den königlichen Eltern der liebreizenden Königstochter.

Der König machte sein Versprechen, war und der Bauernjunge durfte die Prinzessin heiraten und wird später das Königreich bekommen.

Dem alten Mann stellte er seine Gehilfen vom Schloss zur Verfügung, die ihm bei seiner Arbeit halfen.

Wenn der alte Mann noch nicht gestorben ist, dann lebte er noch lange und konnte die Regenschaft des Bauernjungen erleben.

Das Vöglein auf dem Ast

Ein Holzfäller arbeitet im Wald. Immer um die Mittagszeit ließ er sich das Essen von seiner Frau bringen. Sie hatten zusammen eine Tochter. Diese Tochter konnte die Frau nicht leiden. Darum beschloss sie, das Kind zu schlachten und dem Holzfäller als Mittagsessen zu bringen. Was sie auch am nächsten Tage machte. Der Holzfäller aß nun das Fleisch und es schmeckte ihn gut. Nach der Arbeit ging er heim. Da saß ein Vogel auf einem Ast und zwitscherte ein schönes Lied. Doch was der Vogel sang, konnte der Holzfäller verstehen.

Piep, Piep,
ein Vöglein bin ich!
Meine Mama hat mich gekocht und gebraten,
mein Vater hat mich gegessen.

Der Holzfäller ging mach Hause und fragte seiner Frau: "Wo ist unsere Tochter?"

"Das Kind liegt im Bett und schläft bereits", sagte die Frau. Damit gab der Holzfäller zu Frieden und legte sich mit seiner Frau schlafen.

Am anderen Morgen ging der Holzfäller wieder zur Arbeit in den Wald. Zum Mittag kam wieder seine Frau und brachte ihm das Essen.

Da fing das Vöglein aus dem Ast wieder an zu zwitschern:

Piep, Piep,

ein Vöglein bin ich!

Meine Mama hat mich gekocht und gebraten,

mein Vater hat mich gegessen.

Das hörte die Frau und sie nahm einen trockenen Ast und warf nach den Vöglein. Der Ast traf den Ast, auf dem das Vöglein saß. Der brach und rauschte zu Erde. Dabei traf er die Frau des Holzfällers und sie stürzte tot um. Nun wollte der Holzfäller helfen, doch jede Hilfe kam zu spät. Er brachte seine tote Frau nach Hause und da sah er was passiert war. Er fand die Knochen seiner toten Tochter. Da wurde er Holzfäller, wütend und nahm seine tote Frau und machte einen Scheiterhaufen und verbrannte seine Frau. Seitdem war der Holzfäller allein und verrichtete seine Arbeit im Wald weiter. Für die Knochen der Tochter machte er ein Grab, auf dem er jeden Tag aus dem Wald duftende Blumen und Zweige mitbrachte.

Der wilde Jäger

In einem Gehölz im Harz, etwa 3 Meilen (ca. 5 km) von Harzgerode, sah man zwölf wilden Jäger beim Mittagessen. Einer der Jäger hatte keinen Kopf. Zum Abendbrot hetzt dieser, von vielen kläffenden Hunden eine Jungfer fein durch das Gehölz. Das sah und jedes Mal, wenn diese durch den Wald ritt, zog ein Unwetter auf mit Blitz und Donner.

Da hatten die kläffenden Hunde Angst und fingen an zu heulen. Auch die Jungfer schön fürchtete sich. Der wilde Jäger sah aus wie ein Gespenst und darum brachte er den Ort Harzgerode immer in Aufruhr. Viele Leute auch der Tannerprinz wollte den wilden Jäger vertreiben. Doch das gelang ihnen leider nicht. Eines Tages kam von den Teufelsbergen bei Blankenburg der Teufel mit seinen Begleitern. Der vereinte sich mit dem wilden Jäger ohne Kopf und ritten nach Thale zum Hexentanzplatz. Dort wurde mit den Hexen ein großes Fest gefeiert. Nach dem Fest ritten und flogen alle zum Blocksberg, den Brocken im Harz. Dort ließen sie sich alle nieder und seitdem geisterten und spuckte dort. Nun waren die Leute in Harzgerode, die Geister und den wilden Jäger ohne Kopf los. Auch die kläffenden Hund kamen nicht mehr wieder. Aus den Ort Harzgerode wurde wieder ein verträumtes Harzstädtchen.

Die Sage von Barbarossa etwas anders

Es war einmal ein Kaiser, der hatte einen roten Bart. Rotbart, heißt Barbarossa. Dieser Kaiser verteidigte sein Reich gegen die Türken, doch leider kam er dabei ums Leben. Die Bürger seines Reiches wollte es aber nicht wahrhaben. Ein Mann erzählte, dass er nicht gestorben sei, sondern in einem Berg in einer Höhle weiterlebt. Der Berg hieß, der Kyffhäuserberg. Dort sollte er mit seinem Gesindel weiterleben und besitzt im Berg ein unterirdisches Schloss. In seinem Schloss sollen alle Dinge aus purem Gold sein. Um seinen goldenen Tisch soll sein roter Bart herum gewachsen sei. Zweimal ist er schon herum gewachsen und wenn er ein drittes Mal herum wächst, dann kommt her Palast des Kaisers wieder aus der Erde heraus und thront auf dem Kyffhäuserberg. Er nimmt dann abermals den Platz ein, den ihm gebührt. Barbarossa schläft nicht, sondern bekommt alles mit und oft nickt oder zwinkert. Alle einhundert Jahre schickt er Zwerge auf die Erde und dies verwandeln sich in Raben und schauen sich um, ob sein Volk noch da ist und dass es ihnen gut geht. Wenn die Raben nicht mehr zurückkommen, dann wird der Kaiser erlöst, doch keiner vermag es zu wissen, höchstens zu erahnen.

Der Glockenmeister und sein Geselle (Harz Sage)

In Stollberg gab es einen Glockengießermeister, der war weltberühmt. Auch von seiner Heimatstadt bekam er einen Auftrag, eine neue Glocke zu gießen. Er und sein Mitarbeiter machten sich sofort an die Arbeit. Doch leider wurde die erste Glocke nichts. Auch die zweite und dritte Glocke war Ausschuss. Dann fuhr der Meister nach Nordhausen, um sich Rat von einem anderen Glockengießer zu holen. Zuvor gab er seinen Gesellen den Auftrag, noch eine neue Glocke zu gießen. Die Arbeit war für den Gesellen schnell gemacht und diese Glocke war perfekt. Auch der Bürgermeister war darüber erstaunt und begeistert. Doch der Geselle war betrübt, da er seinen Meister kannte. Er kannte seinen Jähzorn und seine Ruhmsucht. Darum ging, er seien Meister entgegen. In der Nähe eines Dorfes traf der Geselle den Meister und erzählte ihn von seinem Glockenguss. Der Meister war sehr überrascht und ärgerte sich und hatte Wut. Er schlug auf den Gesellen ein. Dabei fiel der Meister um und war tot. Der Geselle wurde danach in Gewahrsam genommen und zum Tode verurteilt. An Gedenken und zur Sühne an den Gesellen stellten die Anwohner von Stollberg für jedermann sichtbar einen Glockenstein auf, wo der Geselle beerdigt wurde. Auch der unbeherrschte Meister fand neben seinen Gesellen am Glockenstein seine letzte Ruhestätte.

Der Wächter und die alte Frau

Um Osterode befinden sich mehrere Burgruinen. Die alte Burg davon hat eine Osterjungfrau eingeschlossen. Unweit des Friedhofes liegt die Burg. Doch kein Mensch hat einen Zugang zum alten Friedhof. Vom Weiten erkennt man die Reste des alten Turmes der Burgruine. In diesem Turm soll die Osterjungfrau im Keller eingeschlossen sein. Sie war die Tochter des Burgherren. Da er die Hochzeit mit einem Grafen verweigerte, verzauberte er ihm in einen Drachen und sperrte die Osterjungfrau in den Keller ein, auch dort lag ein wertvoller Schatz. Doch der Drache hatte kein Feuer und war nur eine Figur. Sie stand in Osterode, mitten in der Stadt. Die Osterjungfrau war ein hübsches blondes Mädchen und jeder begehrte sie. Man sagte der Osterjungfrau nach, dass sie Bedürftigen geholfen hatte. Auch floss ein kleiner Fluss durch den Ort. In dem Ort gab es viele Bedürftige. Auch der Wächter der Burgruine. Eines Tages zu Ostern kam eine alte Frau und traf den Wächter. Sie gab ihn einen Rat: "Versuch über den alten Friedhof an den Turm der Burgruine zu kommen. Klettere den Turm hoch und pflücke die Osterglocken, die dort wachsen. Diese bringst du dann zu der Drachenfigur, dann wirst du sehen was passiert. Der Wächter tat, was die alte Frau gesagt hatte und wirklich, er schaffte es. Er brachte die Blumen zu der Drachenfigur. Kurze Zeit später wurde aus der Drachenfigur wieder der Burgherr. Er war sehr lebendig und fragte sofort nach seiner Tochter, die Osterjungfrau. Auch hatte er einen

Schlüssel und schloss damit, die Geheimtür zum Friedhof auf. Diese Tür hatte keiner in den letzten einhundert Jahren gefunden. Jetzt konnte man vom alten Friedhof aus direkt zur Burgruine gehen. Der Wächter und der Burgherr gingen dort hin. Sie fanden auch die Tür zum Keller und öffneten sie. Eine alte Frau kam aus dem Keller heraus, doch ihr Ansehen war sehr gut. Sie sah fast so aus, wie die alte Frau, die den Wächter den Rat gegeben hat. Zusammen holten sie den großen Schatz aus dem Keller und brachten diesen der Stadt Osterode. Nun wurde noch das Osterfest gefeiert und der Schatz wurde zum Aufbau der Burgruine genommen.

Die Bauern und der Zwerg

In einem beschaulichen Dorf im Harz, wo man in Frieden zusammen lebte, kam eines Tages ein böser Zwerg ins Dorf. Er ging ins Wirtshaus und fing an, die Bauern aufzumischen. Sie wollten den Zwerg nicht und schmissen ihn aus dem Wirtshaus. Da ging der Zwerg in den Wald, wo seine Höhle war. Die Bauern im Wirtshaus staunten nicht schlecht, dass es den Zwerg wirklich gab. Sie dachten, es wäre eine Sage. Am nächsten Tag ging ein Bauer mit seiner Tochter in den Wald, um Holz zu schlagen. Da hörte er einen grausamen Ton. Es war, wie ein fürchterliches Lachen. Da bekam die Tochter des Bauern Angst und wollte aus dem Wald laufen. Doch ihr Weg führte an die Höhle des Zwerges vorbei. Als der Zwerg das sah, schnappte er sich die Tochter des Bauern und nahm sie mit. Der Bauer kam nach Hause, da war seine Tochter nicht zu finden. Er sucht sie im ganzen Dorf. Sie aber war nicht zu finden. Dann rief er alle Bauern zusammen und sie sollten mit ihm in den Wald kommen, um die Tochter zu suchen. Sie machten sich sofort auf den Weg. Der Bauer sagte zu seiner Bauernschaft: Es kann nur der böse Zwerg gewesen sein, der das Mädchen geholt hat und darum müssen wir ihn töten. Im Wald hörten sie auch das fürchterliche Lachen und das Lachen führte sie zur Höhle des kleinen Mannes. Als sie in die Höhle sahen, saß der Zwerg mit der Tochter an einem Tisch und spielten. Dabei tranken sie einen köstlichen Wein. Die Tochter war quietscht, vergnügt und freute sich zusammen mit dem Zwerg. Da staunten alle Bauern und der stärkste Bauer schnappte den Zwerg und legte ihn auf den Tisch. Nun sollte der Zwerg getötet werden. Doch die Tochter des Bauern hatte etwas dagegen. Sie schrie ganz laut: „Das ist kein böser Zwerg, sondern ein ganz lieber kleiner Mann. Last ihn in Ruhe und tut ihn nichts." Da ließen die Bauern von dem Zwerg ab und die Tochter nahm den Zwerg mit in das Dorf. Er bekam ein Zimmer bei dem Bauer, dessen Tochter sie war. Der Zwerg half seitdem den Bauern ihre Felder zu bestellen und er wusste für jeden die besten Ratsschläge und teilte sein Leben mit ihnen. So lebte der Zwerg im Dorf der Bauern. Seitdem nennt man das Dorf, Zwergendorf.

Die Vogelhexe

Es waren einmal zwei Geschwister, Elisa und ihr jüngerer Bruder Max. Die beiden Kinder wohnten in einem kleinen Dorf am Rande eines Eichenwaldes.
Die Eltern hatten ihren Kindern verboten, allein in den Wald zu gehen, denn dort sollte eine böse Hexe leben.
Der kleine Max fand den Wald so schön und so lief er, trotz der Wahrung, eines Tages in ihn hinein.

Elisa, die auf ihren Bruder aufpassen sollte, lief hinterher und wollte ihn zurückholen. Doch der Kleine war schon zu tief hineingelaufen. Dort traf er ein zahmes Eichhörnchen und er spielte mit dem Tier.

Die Schwester suchte ihren kleinen Bruder und lief immer tiefer in den Wald. Plötzlich kam sie zu einer Lichtung. Dort stand ein kleines, schönes Haus. Davor saß eine freundliche alte Frau.

Als das Mädchen sie sah, fragte diese nach ihrem Bruder.

Die Alte antwortete: „Dein Bruder ist bei mir im Haus. Geh hinein und hole in heraus." So ging Elisa in das Haus und rief nach ihm. Doch sie bekam keine Antwort und wollte das Häuschen wieder verlassen. Da stand ihr plötzlich die Hexe, vor der die Eltern sie immer gewarnt hatten, gegenüber und krächzte: „Du kommst hier nicht heraus. Du wirst jetzt für immer mein Haus in Ordnung halten, mir Essen kochen, Holz hacken und alle meine Vögel füttern. Nun werde ich dich in einen Vogel verhexen und oben in den leeren Käfig einsperren. Jeden Morgen werde ich dich zurückverwandeln, damit du deine Arbeit machst."

Nach diesen Worten verzauberte die Hexe Elisa in einen gelben Kanarienvogel. Sie sperrte das Tier in den leeren Käfig und befahl ihrem schwarzen Kater, auf den neuen Vogel besonders gut aufzupassen.

Zu Hause in Dorf wurde es dunkel. Die Eltern bemerkten, dass ihre Kinder nicht nach Hause kamen. Der Vater holte ein paar Männer aus dem Dorf und sie gingen in den Wald, um die Kinder zu suchen. Sie fanden aber nur Max. Er hatte sich unter einen Busch gelegt, im Arm das Eichhörnchen und schlief. Der Vater brachte seinen Sohn nach Hause. Die anderen Männer suchten weiter. Doch sie fanden das Mädchen nicht. Am anderen Tag gingen noch mehr Männer in den Wald und suchten weiter, wieder ohne Erfolg.

So vergingen die Jahre und aus Max wurde ein großer Junge. Eines Tages fragte er seine Eltern, warum sie immer so traurig sind. Da erzählte der Vater Max die Geschichte von Elisas Verschwinden. Der Junge konnte sich kaum noch an seine Schwester erinnern, beschloss, sie zu suchen und erzählte am nächsten Tag in der Schule davon.

Seine Gefährten, Heinz und Franz, wollten ihm beim Suchen helfen. So zogen die drei Freunde los und kamen zu der Lichtung, an der das Hexenhaus stand. Eine Alte saß vor dem Häuschen. Max fragte, ob sie vor ein paar Jahren Max' Schwester gesehen hätte. Das alte Weib verneinte, so wollten die drei Freunde schon weiter gehen. Doch plötzlich hörten sie den herrlichen Gesang eines Kanarienvogels. Dieser war so schön, dass Max fragte, wo der liebreizend singende Vogel sei. Die Alte wurde böse, rief ihren Kater, welcher sich in einen schwarzen Panther verwandelte und die Jungen vertrieb.

Die drei Schulkameraden liefen wieder zurück ins Dorf und erzählten ihrem alten Dorfschullehrer von dem Vorfall. Der holte ein altes dickes Buch hervor, las ein paar Seiten und erzählte: „Es gibt eine Sage, dass einmal im Schwarzwald eine Vogelhexe lebte. Sie hätte junge Mädchen gefangen, die sie in Kanarienvögel verzauberte und in Käfige sperrte. Tagsüber soll sie die Vögel wieder zurückverwandelt haben, damit sie ihre Arbeit verrichten konnten. Zudem hätte ein Kater dort auf die Mädchen aufgepasst, welcher sich in einen schwarzen Panther verwandeln konnte. Doch soll ein Förster den schwarzen Panther erschossen haben. Das tote Tier wurde aber nicht im Wald gefunden. Die Hexe verließ angeblich den Schwarzwald fluchtartig und nahm den leblosen Körper ihrer Katze mit. Die Mädchen wären durch die gute Fee erlöst worden und zu ihren

Familien zurückgekehrt. Es heißt auch, dass sie durch den Zauber nicht älter geworden seien."

Max überlegte laut: „Sicher gibt es diese böse Frau schon seit ewigen Zeiten und diesmal hat sie sich unseren Wald ausgesucht, in den vor lauter Angst niemand gern hineingeht. Doch zuerst müssen wir die gute Fee der Vögel finden. Doch wo sollen wir suchen?"

Der Lehrer nahm nochmals sein dickes Buch zur Hand und las: „Die Fee lebt meistens im Wald als Eichhörnchen. So kann sie auf die Vogelnester gut aufpassen, da sie ja von Ast zu Ast springen kann."

„Woran erkennen wir das richtige Eichhörnchen?", wollten Franz und Heinz wissen.

„Das Eichhörnchen hat einen weißen Fleck unter dem Hals und ist zu Menschen ganz zahm", erinnerte sich Max plötzlich.

Der Lehrer hatte eine gute Idee. „Ihr müsstet Wahl- und Haselnüsse an den Waldrand legen, dann wird das Eichhörnchen die Nüsse finden und kommt bestimmt jeden Tag zurück, um welche zu fressen. Wenn es dann noch ganz zahm ist und einen weißen Fleck unter dem Hals hat, dann ist es die gute Fee."

Der Herbst kam und die drei Freunde sammelten in den Gärten sehr viele Nüsse und legten sie an den Waldrand. Sie warteten mehrere Tage, bis plötzlich etwa zehn Eichhörnchen aus dem Wald kamen und den Futterplatz fanden. Doch welches der Eichhörnchen war nun die gute Fee der Vögel? Max hatte eine Idee. Er lief auf den Futterplatz zu. Schon rannten die Eichhörnchen ängstlich davon. Nur eines blieb sitzen und fraß weiter. Max nahm es auf seinen Arm, streichelte es und fragte: „Bist du die gute Fee der Vögel?"

Das Eichhörnchen antwortete: „Ja, die bin ich. Wie kann ich dir helfen?"

„Ich suche meine Schwester Elisa. Die böse Hexe hält sich gefangen und meine Eltern und ich sind darüber sehr traurig. Ich muss sie befreien!"

Die Fee hatte aufmerksam zugehört und sprach: „Ich kenne zwei ganz schlaue Mäuse, die werden euch helfen. Eines musst du noch wissen. Die Hexe hat ohne ihren Kater keine Zauberkraft und der Kater verliert die seine, wenn er weiter als einhundert Meter vom Haus entfernt ist." Die Fee und die Jungen verabredeten sich für den nächsten Tag.

Das Eichhörnchen war, wie abgesprochen, zur Stelle und hatte die beiden Haselnussmäuse mitgebracht. Sie gingen gemeinsam zum Hexenhaus. Gut einhundert Meter vor dem Haus blieben die Jungen zurück. Die Fee und die Mäuse liefen weiter. Diese machte vor dem Hexenhaus lauten Rabats, sodass die Hexe es hörte. Die Alte rief sofort ihren Kater. Beide kamen heraus, um zu sehen, was los war. Da entdeckte der Kater die beiden Mäuse. Die Nager liefen schnell wie der Blitz in Richtung der Jungen. Der Kater jagte sofort hinterher, konnte die verlockende Mahlzeit jedoch nicht einholen. Schon wollte er umkehren, als die Mäuse stehen blieben. Nun nahm der Kater die Verfolgung wieder auf. Als er zum Fangsprung ansetzte, liefen sie plötzlich weiter. In diesem Moment sprangen die Freunde aus ihrem Versteck hervor. Heinz schnappte den Kater, dessen Zauberkraft erlöschen war, stopfte ihn in den Sack, den Max bereithielt und Franz band ihn flink mit einem dicken Strick zu. Die Jungen brachten ihn zum Dorf und sperrten das Tier in den Stall. Danach gingen die Drei wieder zurück zum Hexenhaus. Vor dem Hexenhaus saß die Alte und jammerte. Max fragte, wo die Vögel seien. Er bekam keine Antwort. Da stürzten sich die Kinder auf die Hexe und fesselten sie an einen Baum. Im Hexenhaus hingen fünf Vogelkäfige. In jedem war ein Vogel. Das Eichhörnchen, die gute Fee, verwandelte alle Vögel zurück und so wurden aus den Tieren die vermissten Mädchen.

Max' Schwester war auch dabei und wie es im Buch des Lehrers stand, nicht älter geworden. Sie fielen sich um den Hals. Max freute sich. Auch seine Schwester war überglücklich, dass ihr Bruder sie befreit hatte.

Gemeinsam gingen sie zurück ins Dorf. Der Gendarm sperrte die Hexe ins Gefängnis und der Kater wurde getötet. Die Mädchen kamen wieder zu ihren Familien. Die Geschwister brachten dem Eichhörnchen und den Haselnussmäusen einen riesengroßen Sack Nüsse und bedankten sich nochmals.

Sie lebten glücklich mit ihren Eltern und wenn sie nicht gestorben sind, dann leben sie heute noch.

Ein Zauber macht blind

Nicht weit vom Ende eines Harzstädtchens entfernt ragt ein Felsen in das Tal. In der Nähe entspringt ein Fluss. Idyllisch schlängelt und munter fließt er von Stein zu Stein. Er war mal Schauplatz einer traurigen Geschichte. Dort stand mal ein schönes Schloss und darin lebte ein König mit seiner Tochter. Diese war charmant, schön und bezauberte alle Ritter der Umgebung. Sie sah aus wie ein göttliches Wesen. Unweit wohnte eine alte Hexe mit ihrer Tochter. Die Tochter sah nicht gerade schön aus, man sagte: „Sie wäre hässlich." Eines Tages kam ein edler Ritter und warf auf die Tochter der Hexe nur einen Blick. Als die Hexentochter ihm sah, verliebte sie sich in ihn. Sie wollte, dass ihre Mutter ihn verzaubert, dass er sie als ein hübsches Mädchen ansah. Und wie das bei Hexen so ist, klappte der Zauber. Der edle Ritter sah sie wirklich als hübsches, lieb reinstes Wesen an und vergaß seine Weiterreise. Bald wurde die Hochzeit geplant. Der Ritter ritt einige Tage darauf in den Wald und weil der Tag heiß war, badete er in dem kühlen Waldsee. Dabei wurden auch seine Augen nass. Als er nach Hause kam, war der Zauber aus den Augen herausgewaschen. Er sah mit Schrecken seine zukünftige Braut. Er nahm sofort sein Pferd und ritt auf das Schloss des Königs. Dort erzählte er alles und dabei sah die wunderschöne Tochter des Königs. Auch sie fand in sehr passabel und sie verliebte sich in den Ritter. Das hörte die Hexe und ihre Tochter und sie wollten es verhindern. Die Walpurgis Nacht war nicht weit und die alte Hexe ritt mit ihren Hexenbesen auf den Brocken und bat den Höllenfürsten, Teufe, um Hilfe. Dieser schickte in unheimliches Unwetter in das Tal, wo das Schloss des Königs stand. Teile des Felsen stürzten aus dem Schoss und alle die grade drinnen waren wurden vom Fluss mitgerissen, auch der Ritter. Die Tochter des Königs aber hatte Glück und blieb am Leben. Doch der Felsen blieb verwunschen. Noch heute hörte eine leise wehklagende der Tochter des Königs, sie ruft nach ihren Liebsten. Geht man aber im Waldsee baden und hat etwas Gutes im Sinn, so geht es in Erfüllung. Hat man aber etwas Böses im Sinn, wird man in eine alte Tanne verwandelt. In dem Waldsee lebt eine Wasserfee.

Die Salzprinzessin

Es war einmal eine alte Fee, sie stand an einem See und hörte, dass ein junger Mann des Weges kam.

Sie hatte viel zu tragen und da sprach sie ihn an, ob er ihr helfen würde. Natürlich, bekam sie zur Antwort. Und der Junge Hans half ihr den Korb und ein Bündel Holz zutragen. Er brachte sie zu ihrem Haus. Aus dem Haus kam ein junges Mädchen heraus. Es war die Gänsemagd, sie hütete die Gänse. Sie trieb die Gänse zum See. Die Fee fragte den Jungen, was er hier im Wald suche. Er wollte das Glück finden und reich werden. Der Hans wurde von seinem Vater vertrieben, weil er der älteste Sohn des Schusters war und er nicht alle Kinder, die er hatte, ernähren konnte. Die Fee bot Hans an, einige Tage bei ihr zu wohnen und gab ihn essen und zu trinken. Hans freute sich und bedankte sich bei den Mütterchen.

Am Abend baute die Fee ihn ein Lager, auf dem er schlafen konnte. Die Fee fragte Hans, welchen Lohn er für das Tragen ihre Sachen haben wollte. Nichts, wollte Hans dafür haben. Dann fragte die Fee, was er sich gerne wünsche. Als Antwort bekam sie ein Pferd und eine Ritterrüstung, er wolle gerne ein begüterter Ritter werden. Nach dieser Unterredung schlief der Junge ein und hatte einen Traum.

Er war auf einer Geburtstagsfeier beim König. Hier hatte die kleine Prinzessin ihren achtjährigen Geburtstag. Sie bekam viele Geschenke und einen Orden. Auch eine junge Fee war da, ihr Geschenk war, dass sie die Prinzessin beschützt. Mit dem Hahnenschrei war Hans wach und als er aus dem Haus ging, wurde ein Wunsch wahr. Es stand ein Pferd und eine Ritterrüstung vor der Tür. Nach dem Frühstück ritt er los und kam zu einer Burg. Dort schlugen sich zwei Brüder um das Erbe des Vaters. Hans half dem kleineren Bruder und der bekam das Erbe. Dafür erhielt Hans ein paar Dukaten. Nach einer kleinen Feier ritt er wieder in den Wald zum alten Mütterchen, um dort die Nacht zu verbringen.

Am Abend legte er sich auf sein Lager und hatte wieder einen Traum. Diese mal träumte er wieder von der zwölfjährigen Geburtstagsfeier der Prinzessin. Sie spielte dieses Mal mit gleichaltrigen Kindern der Palastangestellten. Das hatte der König nicht gerne und er schimpfte die Prinzessin aus, sie weinte keine Tränen, sondern aus ihren Augen kullerten Perlen. Wieder an nächsten Morgen wachte der Hans auf und die alte Fee gab ihm Frühstück. Danach ritt er durch den Wald und über Stock und Stein. Er kam auch an den See, wo er die Gänsemagd traf. Beide hüteten die Gänse und am Abend brachte sie diese in den Stall. Danach gab das Mütterchen die zwei Abendessen. Zur Nacht legte sich Hans wieder auf sein Lager und schlief ein. Er träumte wieder von der Geburtstagsfeier, dieses Mal war es der achtzehnte Geburtstag. Aus der kleinen Prinzessin wurde ein wohl aussehendes Mädchen.

Sie hatte wieder Streit mit dem König, der sie aus dem Palast verbannte und die Wachen banden ihr einen Sack Salz auf den Rücken. Sie hatte den König mit Salz verglichen, weil sie Salz so gerne mag.

Am Morgen war es, wie bei den letzten beiden Tagen. Nur dieses Mal wollte er die Prinzessin retten, so versprach er es dem Mütterchen. Diese gab ich eine Perlendose, und meinte, damit wird er sein Glück machen. Hans ritt wieder los und irgendwie am Tag kam er an den Königspalast an. Die Wachen hielten ihn an und als sie das Perlenkästchen sahen, brachten sie ihm zu Königsaal. Dort saß aber nur die alte Königin. Als sie das Kästchen sah, wusste sie sofort, dass es Tränen ihrer geliebten Prinzessin war. Woher habt ihr das Kästchen, fragte sie. Doch Hans sagte es ihr nicht. Da kam der König und sah die Beiden. Es tat ihn Leid, dass er die Prinzessin verjagt hatte. Nun wollte er es von Hans wissen. Doch Hans wusste es nicht. Er sagte zu dem König, dass er sie findet, aber nicht mehr hier herbringen wird. Da wurde der König böse und wollte Hans einsperren lassen. Doch die Königin war dagegen und sie setzte sich durch.

Hans durfte wieder aus dem Palast reiten und ritt in den Wald, da traf er die Gänsemagd am See.

Sie weinte, aus ihren Augen kamen weiße Perlen. Da wusste Hans, dass es die Prinzessin war. Er nahm sie mit auf das Pferd und sie ritten zum Mütterchen in das Haus. Er sagte dann zu ihr, ich habe sie gefunden und werde sie heiraten. Jetzt habe ich das Glück gefunden. Da freute sich das Mütterchen, denn es war die Fee, die ihr am achten Geburtstag für immer Schutz geschenkt hatte. Nun verabschiedete sich die alte Fee und Hans und die Prinzessin. Sie blieben für immer ihn dem Haus im Wald und führten ein gutes glückliches Leben. Wenn sie Geld brauchten, dann weihte die Prinzessin und damit bestritten sie ihren Lebensunterhalt.

Der Tanz des Müllers

Es war einmal ein einsamiger Müller, der sich durch die Welt schlagen musste. Er war ein armer Müller. Er konnte auch keinen Alkohol leiden. Nun kam es, dass er seine Wassermühle verkaufen musste. Er bekam auch für die Mühle wenig Geld. Weil er so arm war, holte er sich jeden Tag eine Flasche Wein und so sah er die Sonne kaum nüchtern. Meisten saß er am Fluss und trank dort seinen Wein. Eines Tages hörte er Musik. Musikanten spielt auf einen freien Platz am Fluss. Er ging tanzend dort hin und sah eine liebreizende Frau mit einem langen Zopf.

Er fragte die Frau, ob sie mit ihm tanzt. Sie war Tänzerin und darum tanzte sie mit ihm. Nach einer Weile wurde der Müller müde, da sagte die Tänzerin: "Sieh mal, hier ist eine Kollegin von mir, ein wunderschönes braunes Mädchen, sie möchte auch mit dir tanzen". Der Müller war überrascht und ihm blieb Mund und Augen auf. So musste der Müller, ob er wollte oder nicht, weiter tanzen. So tanzte er bis in die Nacht. Dann fiel er um und der Schlaf hat ihm übermannt. Am anderen Morgen wachte er auf und sprang, wie ein junger Hirsch. Es waren keine Musikanten mehr, nur das braune hübsche Mädchen. Sie war eine Fee und hatte den Müller verzaubert und ihm neue Kraft gegeben. So ging er zurück zu seiner Mühle und der Käufer gab ihm die Mühle zurück, weil er es nicht konnte sie zu bedienen.
Ab da ging es dem Müller wieder besser, den der Sommer kam und die Getreideernte stand an.

Das Halloweenfest

Die Kürbiszwerge hatten im Herbst viel zu tun. Sie wanderten durch den Zauberwald auf das Feld des Bauern, um ihre Freunde, die Kürbisse zu besuchen. Und wirklich trafen sie lustige Kürbisse. Sie freuten sich schon auf Halloween, wenn sie lustige Kürbisfratzen werden. Die Kürbisse, sie wollten unbedingt in die Stadt und in dem Fenster die Bewohner Angst machen. Auch freuten sie, wenn sie nachts im Dunklen Ihren dicken Bauch ein bisschen mit Kerzen heller machen. Die kleinen Kürbiszwerge wollten ihnen dabei helfen. Sie hatten Hämmerchen und Meißel dabei. Damit konnten sie, die Kürbisse mit ihren Fratzen etwas zum Lächeln bringen. Das fanden die Bewohner der Stadt schön, doch der Halloweengeist, aber nicht.

Darum kämpften die Geister, jedes Jahr, mit den Kürbissen. Die Kinder der Stadt fanden die Kürbisse gut, aber die Geister nicht. Darum holten sie einen Geisterjäger, der diese vertreiben sollte. Der Geisterjäger war eine alte Hexe aus dem Zauberwald. Sie kam jedes Jahr zu Halloween in die Stadt, um die Geister mit ihren weißen Nachthemden zu verjagen. Auch die Kinder versuchten das. Sie zogen sich bunte Masken über ihr Gesicht und sahen damit sehr gruselig aus. Doch darüber konnten die Geister nur lachen. Plötzlich gab es ein Blitz und danach ein Donner. Ein Gewitter war aufgezogen. Davor hatte nun die Geister Angst und sie verließen das Halloweenfest. Das Gewitter hatte die Hexe bestellt. Darüber lachten die Kürbisfratzen und auch die Bewohner der Stadt. Jetzt war es nicht nur ein Halloweenfest, sondern dazu noch ein Lachfest. Nach dem Gewitter liefen die Kinder singend durch die Stadt. Sie klingelten an den Türen der Häuser und wenn jemand aufmachte, riefen sie: „Süße oder Saures"!

Der Geist aus dem Keramiktopf

Es war einmal eine alte arme Frau, da ging es nicht gut, auch ihr altes heruntergekommenes Wohnhaus müsste renoviert werden. Ihre Rente war viel zu klein und dies zu machen.
Eines Tages kam an ihrem Haus ein Pferd mit Wagen vorbei und darauf saß ein Verkäufer, dieser verkauften Keramik. Er fragte die alte Frau, ob sie etwas kaufen möchte. Die alte Dame, verneinte und sagte, ich habe dazu kein Geld. Ich brauche es, damit ich am Leben bleibe.
Die Tat den Verkäufer sehr weh und sagte zu ihr. Ich schenke dir diesen Keramiktopf mit Deckel. Er ist ein besonderer Topf. In ihn

lebt ein Geist und wenn du den Topf aufmachst, kommt er hervor und fragt, was er für dich machen kann. Er wird dir helfen, ein besseres Leben zu leben. Ich habe diesen Topf nun lange genug gehabt und er hat mir immer geholfen. Meine Kinder sind groß und brauchen das Gefäß nicht und ich brauche ihn auch nicht mehr. Mit meinen Verkäufen komme ich im Leben gut zu Recht. Darum sollst du ihn jetzt haben und dir dein Lebensabend besser zu gestalten. Wenn du ihn nicht mehr brauchst, dann gib ihn weiter. Auch an einen bedürftigen Menschen.

Das waren die letzten Worte des guten Mannes und er fuhr mit seinem Pferd und Wagen weiter.

Die alte Frau war sehr erstaunt und probierte den Topf gleich au. Sie öffnete den Deckel des Topfes und es kam wirklich ein Geist zum Vorschein.

Dieser fragte sofort der älteren Dame, was er machen solle. Bringe meinen Garten in Ordnung und man glaubte es kaum, im Nu war der Garten in Ordnung. Die alte Frau freute sich und brachte. Das Gefäß in ihr Hau und suchte einen schönen Platz im Haus aus, wo sie ihn hinstellte. Die Zeit verging und der Geist half der alten Dame, wo er nur konnte. So bekam die Alte ein gutes und besseres Leben.

Der dumme August

Es war einmal ein reicher Kaufmann, der hatte zwei Kinder. Der Sohn August war furchtbar dumm, lungerte den lieben langen Tag herum und starrte Löcher in die Luft. Die Tochter allerdings war sehr schlau und interessierte sich für die Geschäfte ihres Vaters. Aber gerade das ärgerte den Kaufmann, denn er wollte, dass August später einmal seinen Handel übernehmen sollte. Darum schickte er ihn auf eine berühmte Schule.

Nach einem Jahr kam der Sohn zurück, und der Kaufmann fragte ihn, was er dort gelernt hätte.

Der Bursche antwortete stolz: „Ich kann jetzt Gedichte vortragen."

„Das brauchst du nicht für das Geschäft", brummte der Vater und schickte ihn auf eine noch bessere Schule.

Wieder verging ein Jahr, bis August heimkehrte. Sofort wollte der Kaufmann wissen, was er denn dieses Mal gelernt hätte.

„Ich kann jetzt wunderbare Lieder singen", bekam er zur Antwort.

Auch damit war der Vater nicht zufrieden.

Nun sandte er seinen Sohn für ein weiteres Jahr auf eine der berühmtesten Lehranstalten des Landes. Doch bei seiner Rückkehr konnte er den Kaufmann wieder nicht zufrieden stellen.

Als August antwortete: „Ich kann jetzt Theater spielen", war der Vater außer sich.

„Geh mir aus den Augen!", rief er, gab dem Burschen fünfzig Dukaten und schickte ihn in die weite Welt hinaus. Das Geschäft vererbte er nun schweren Herzens seiner schlauen Tochter.

Ungefähr ein Jahr später bekam der Kaufmann Besuch von einem befreundeten Händler. Dieser war schon viel in der Welt herumgekommen und vor nicht allzu langer Zeit am Königshof gewesen.

„Du wirst es nicht glauben, wen ich dort gesehen habe! Deinen Sohn!"

„August, meinen August?", fragte der Kaufmann.

„Ja, ich musste auch ein zweites Mal hinsehen. Er ist ein großer Minnesänger geworden und spielt am königlichen Hoftheater."

„Das kann nicht sein. Du musst dich getäuscht haben. August ist doch viel zu dumm, um an den Königshof zu gelangen."

„Was ich gesehen habe, das habe ich gesehen. Und es wird gemunkelt, dass er in Kürze die Königstochter heiraten soll."

Der Kaufmann konnte nicht glauben, was er von dem Händler erfahren hatte.

Doch schon am nächsten Tag brachte ein Bote ihm eine Einladung zur Vermählung seines Sohnes mit der Prinzessin.

Als der Vater August wieder sah, fragte dieser: "Kannst du singen? Kannst du Gedichte vortragen? Kannst du Theater spielen?"

Jedes Mal musste der Kaufmann mit „Nein" antworten.

Da entgegnete der Sohn: „Du siehst, was ich gelernt habe, war nicht schlecht, denn mit Spielen und Singen kann man sogar König werden."

Erst jetzt erkannte der Vater, dass sein Sohn nicht dumm, sondern sehr begabt war.

Zwei Töchter

Eine Mutter hatte zwei Töchter. Die eine war blond und die andere fuchsig. Die Töchter sahen sich sehr ähnlich. Nur an der Haarfarbe konnte man sie unterscheiden. Die Mutter und ihre Töchter wohnten am Rande eines dunklen Waldes. Die Töchter gingen oft in den Wald, um Pilze zu suchen. Zwischen Tannen und Sträucher fanden sie viele Pilze. Plötzlich sahen sie, wie ein Zwerg kämpft, um wieder loszukommen, denn sein Bart war eingeklemmt. Sie liefen hin, um zu helfen, doch der Zwerg wollte das nicht. Leider kam er nicht alleine los. Darum mussten doch die beiden Schwestern helfen. Blondi nahm ein Messer und schnitt das eingeklemmte Endstück vom Bahrt ab. Nun war der Zwerg wieder frei. Doch um sich zu bedanken, schimpfte er die beiden Schwester aus. Dann nahm er sein Säckchen und lief ganz schnell davon. Die Schwester konnten ihn nicht folgen. Doch dabei trafen sie einen Bären. Der Bär tat den Schwestern nichts und er war ein freundlicher Bär. Was die Schwestern nicht wussten, dass der Bär ein verwunschener Prinz war. Die beiden hatten genug Pilze gefunden und gingen nach Hause. Doch der Bär kam ihnen hinterher. Besonders Blondi hat es den Bären angetan. Auch sie gab den Bären gute Sachen zum Fressen. Am nächsten Tag gingen sie alle wieder in den Wald. Der Bär lief durch den Wald als ob er etwas suchte. Die Geschwister suchte heute Beeren und plötzlich sahen sie wieder den Zwerg. Der hatte wieder seinen Bart eingeklemmt. Blondi und ihre Schwester wollten wieder helfen. Doch der Zwerg sträubte sich dagegen. Doch es blieb ihn nichts übrig, dass Blondi ihn wieder ein Stück vom Bart abschnitt. Da tobte der Zwerg und war außer sich. Seinen Bart brauchte er, denn es war ein Zauberbart. Je kürzer der Bart war, umso weniger Kraft hatte der Zwerg um zu zaubern. Da kam auf einmal der Bär und sah den Zwerg. Er stürzte sich auf diesen und tötete ihn. Da plötzlich verwandelte sich der Bär wieder in einen Prinzen. Der Zauber des Zwerges war gebrochen. Sie nahmen das Säckchen des Zwerges, der voll war mit Gold und Diamanten und gingen nach Haus der Geschwister. Dort erzählte der Prinz, dass der Zwerg ihn vor langer Zeit in einen Bären verwünscht hatte und die Geschwister ihn gerettet haben. Sie hatten den Zwerg seine Zauberkraft genommen, in dem sie ihn den Bart gekürzt hatten. So konnte der Bär, Prinz den Zwerg besiegen. Der Prinz nahm beide Geschwister mit auf seinen Schoß und heiratete Blondi. Ich hoffe, ihr erkennt das Märchen. Es ist nur etwas anders.

Der Hirtenjunge und der habgierige Bauer

Es war einmal ein kleiner, armer Junge, dem waren Vater und Mutter gestorben. So musste er sein tägliches Brot selber verdienen. Bei einem reichen Bauern fand er Arbeit. Der unglückliche Knabe hütete dessen Schafe und Ziegen.

Jeden Morgen in der Frühe, wenn die Sonne gerade am Horizont erschien und noch frischer Tau auf den Gräsern lag, machte er sich auf und führte die Herde hinaus auf die grüne Wiese. Zufrieden blökten die Schafe und machten sich über die saftigen Leckereien her. Glücklich und zufrieden kraulte das Büblein die kleinen Lämmer und Ziegen, die dann vor Freude Bocksprünge machten. Ging es seinen Tieren gut, so ging es auch dem Hirten gut.

Der Bauer war ein geiziger und böser Mensch. Als der Hirtenjunge ihn eines Tages nach seinem Lohn für das Hüten der Schafe fragte, antwortete der Habgierige: „Eigentlich bekomme ich von dir noch die Unterkunft bezahlt. Auch habe ich dir Essen gegeben. Denkst du, das bekommst du umsonst? Für jeden Tag, an dem du meine Schafsherde gehütet und im Stall übernachtet hast, bezahlst du mir einen Pfennig."

Da ward der arme, kleine Hirte traurig und ging in den Schafstall. Er legte sich auf ein Strohbündel und schlief ein. Am frühen Morgen weckten ihn die Schafe und Ziegen. Unglücklich trieb er die Herde auf die Weide und setzte sich auf einen großen Stein und überlegte, wo er die Pfennige für den Bauern hernehmen sollte.

Als die Sonne auf ihrem Weg am Horizont die höchste Stelle erreicht hatte, kam ein greises Mütterchen ihrem Weg. Auf ihrem Buckel trug sie ein Bündel Holz.

Als der Hirtenjunge die Alte sah, lief er zu ihr und fragte, ob er helfen könne. Sie legte die Knüppel ab und streckte ihren Rücken.

„Das ist aber schön, dass du mir helfen willst! Siehst du da hinten auf dem Berg das halb verfallende Haus, da muss ich das Holz hinbringen."

Der Knabe fragte die Alte, ob sie eine Weile auf seine Herde aufpassen würde. Diese nickte und der Hirte nahm das Holz auf und brachte es zu dem Heim der Greisin.

Als er zur Herde zurückkam, melkte er eine Ziege und gab dem Mütterchen die frische Milch zum Trinken. Dann brach er von seinem trockenen Brot, einen Kanten ab und gab ihm ihr. Während sie aßen, erzählte das Hirtenbüblein der Alten von seinem habgierigen Bauern, der trotz der vielen Arbeiten, die der Junge für ihn erledigte, das Essen und sein schlichtes Strohlager im Stall bezahlt haben wollte.

Die gute Frau hörte sich alles ganz genau an und sprach: „Ich werde dir helfen. Du bist ein guter Junge, hast mir geholfen und bist auch lieb zu den Tieren." Mit diesen Worten verabschiedete sich die Alte und ging ihres Weges.

Am nächsten Tag kam der Bauer in den Stall und sagte zu dem Knaben: „Du musst ab heute Tag und Nacht für mich arbeiten, um deine Schulden bei mir zu bezahlen. Am Tage wirst du die Schafe hüten, nachts die Ställe ausmisten und das Bauernhaus aufräumen.

Wie befohlen, verrichtete der arme Junge die Arbeit und ging am nächsten Morgen müde und schlapp mit der Herde auf die Weide. Dort traf er das alte Mütterchen wieder. Sie hatte erneut ein Bündel Holz auf dem Kreuz. Als der Junge dies sah, lief er sofort zu ihr, nahm die Last auf seine Schultern und brachte das Holz zu der verfallenden Hütte auf den Berg.

Als er zurückkam, hatte die gute greise Frau ein Lämmchen auf dem Arm und kraulte es. Der Hirtenjunge gab ihr wieder Ziegenmilch und teilte mit ihr sein Brot.

Nach dem Essen sagte die Alte: „Pass gut auf das Lamm auf, es wird dir helfen und dich wieder zu einem glücklichen Menschen machen." Danach erhob sich die Greisin und ging von dannen.

Der Hirte nahm das kleine Tier auf den Arm, setzte sich auf den großen Stein und kraulte es. Plötzlich fiel ihm etwas in den Schoß. Der Junge traute seinen Augen nicht. Auf seiner zerlumpten Hose lagen zehn Bohnen große Goldstücke. Genug, um seine Schulden bei dem Bauern zu bezahlen und die gesamte Herde dem habgierigen Mann abzukaufen.

Als der Bauer die Goldstücke sah, wollte er genau wissen, wie der Junge zu dem Reichtum gekommen war. Der Hirte berichtete ihm von der Greisin, nahm anschließend die Tiere und zog mit ihnen in die Welt hinaus.

Der habgierige Bauer aber lief geschwind zu der Weide, wo ihn die Alte bereits erwartete. Wie tags zuvor lag ein Bündel Brennholz vor ihr auf dem Boden. Ohne weiter darauf zu achten, befahl ihr der Bauer: „Gib auch mir zehn Goldstücke. Es können auch mehr sein!" Ein breites Grinsen machte sich auf seinem Gesicht breit.

„Trag das Holzbündel in meine Hütte dort oben auf den Berg!"

„Mach es selbst", knurrte der Habgierige, hob einen Knüppel auf und drohte der Alten. „Rück endlich das Gold heraus!"

Ohne jegliche Angst griff die alte Frau in ihre Schürzentasche und gab dem Bauern zehn Goldstücke.

Dieser griff eilig zu und lief damit zurück zu seinem Hof. Auf dem Weg überlegte er schon, wie er seinen Reichtum ausgeben könnte.

Doch bei seiner Rückkehr fand er statt seines großen Bauernhauses nur eine verfallene Hütte vor und aus den Goldstücken in seiner Jackentasche waren kleine, schwarze, weiche Bohnen geworden und dieser Ziegenkot roch fürchterlich.

So hatte der habgierige Bauer seine gerechte Strafe erhalten. Der Hirtenjunge aber war glücklich mit seinen Tieren. Seine Schafe gaben ihm stets schöne, weiche Wolle, die sich auf den Märkten ganz prächtig verkaufen ließ.

Die Alte jedoch wurde niemals wieder gesehen.

Der Soldat und der Fuchs

Es war einmal ein Soldat, der kam an ein leeres Schloss vorbei. Er ging rein und schaute es sich an. In einem Zimmer war ein Tisch voller besten Speisen und den köstlichen Weinen. Nun setzte er sich hin und aß und trank erst einmal. Da kam ein Fuchs in das Zimmer und sprach zu ihm: "Heute hast du Pech gehabt, denn du hast verzauberte Speisen und Weine getrunken. Du musst jetzt mir sieben Jahre dienen, ansonsten wirst du auch ein Fuchs."

So fing der Soldat den Fuchs zu dienen an. Der Fuchs warnte ihn, dass er nicht das eine Gemach betreten soll. Ansonsten müsse er noch weitere sieben Jahre dienen. Kurz bevor die sieben Jahre herum waren, ging er doch in das Gemach. Nun kam der Fuchs wieder und sah das. Da wurde der Fuchs traurig und sagte: "Du hättest es bald geschafft und wir beide wären erlöst gewesen." Da nahm sich der Soldat ein Herz und ging in den Keller des Schlosses. Er machte Feuerholz und brachte es nach oben in den Garten. Dort fabrizierte er ein Feuer und verbrannte alle vergifteten Speisen und Weine. Dazu noch die Sachen aus dem Gemach.

Was jetzt passierte konnte, er gar nicht glauben, es kam eine wunderschöne Frau zu ihm. Es war der verzauberte Fuchs. Auf einmal flog eine weiße Taube in die Luft. Da sprach die wunderschöne Frau. Siehst du die Seele fliegen, damit sind wir und das Schloss für immer gerettet.

Der Topf

Vor langer, langer Zeit gab es eine alte arme Frau. Sie hatte eine Tochter. Jeden Abend schneiderte sie herrliche Anziehsachen, um diese auf dem Markt verkaufen zu können. Damit verdiente sie den Lebensunterhalt für die Familie. So ging das Tag für Tag. Eines Tages kaufte sie wieder Stoff auf dem Markt und da wurde ihr ein kleiner Topf angeboten. Da sie noch etwas Geld übrig hatte, kaufte sie den Topf. Es war ein schöner Topf und sie nahm ihn mit nach Hause. Unterwegs fiel ihr der Topf auf die Straße. Da bekam der Topf eine Beule. Jetzt sah der Topf nicht mehr schön aus. Doch sie hob ihn auf und nahm ihn mit.

Zu Hause packte sie den Topf aus und zeigte diesen ihre Tochter. Sie sprach: „Der Topf hat eine Beule, es ist kein schöner Topf." Es klopfte an der Tür und eintrat ein Zauberer. Der sah den Topf und sprach einen Spruch und schon hatte der Topf keine Beule mehr. Nun wollte der Magier etwas zu essen haben. Doch die arme alte Frau und ihre Tochter hatten keine Zutaten, um Essen zu kochen. Da war der Zauberer traurig. Er murmelte wieder einen Spruch und schon war der Topf mit einer Suppe gefüllt. So konnten die arme Frau, ihre Tochter und der Zauberer essen.

Die Tochter war schlau, sie hörte den Spruch und ging in das Schlafzimmer. Sie schrieb den Spruch auf. Dann ging sie zurück in die Küche und aßen das Essen auf. Als sie fertig waren, verabschiedete sich der Zauberer. Als er weg war, ging das Mädchen zu dem Topf. Sie machte ihn sauber und stellte ihn in den Schrank. Der Topf hatte auch einen Deckel , der ganze Topf war aus Silber. Er glitzerte und man konnte sich darin spiegeln.

Am nächsten Tag holte das Mädchen den Topf wieder vor. Nahm den Zettel mit dem Zauberspruch.

Sie stellte den Topf auf den Ofen. Dann sprach sie den Spruch und siehe da, der Deckel bewegte sich. Sie öffnete den Deckel und wirklich es war wieder Suppe drin. So konnte die arme Frau und das Mädchen abermals essen. Aber es war immer dieselbe Suppe drin. Das ist nicht schön, denn sie wollten auch mal was anderes essen.

Es klopfte an der Haustür und ein Prinz mit seinem Gefolge stand davor. Auch diese bekamen Essen aus dem Topf. Das schmeckte dem Prinzen gut und er nahm die alte Frau und das Mädchen mit. Sie mussten mit in das Schloss des Prinzen. Dort bekamen sie ein Zimmer und sollten in der Küche des Schlosses kochen. Das Mädchen ging am anderen Tag nach Hause und holte den Topf. Auch damit kochte sie die Suppe. Die Suppe schmeckte jeden. Doch irgendwie müsste der Topf auch ein anderes Gericht kochen. Auf ihrem Zimmer probierte sie mit ihrem Topf andere Sprüche. Und siehe da, es klappt. Nun wurde das Mädchen die Oberköchin im Schloss. Seitdem ging es der alten armen Frau und das Mädchen gut. Sie lebten bis an ihr Ende ihres Lebens dort im Schloss und wurden geehrt.

Die Enkelkinder von Hänsel und Gretel

Während der Sommerferien treffen sich Hänschen und Gretchen mit ihren Großeltern. Der Treffpunkt ist jedes Jahr in Opas Ferienhaus in der Nähe des Märchenwaldes. Oma Gretel und die Enkelkinder kommen jedes Jahr aus der Stadt dort hin. Hänschen war der Enkelsohn von Hänsel und Gretchen die Enkeltochter von Gretel. Hänsel und Gretel waren jetzt schon so alt, dass sie Enkel hatten. Ihr kennt sie doch noch aus dem gleichnamigen Märchen?

Opa Hänsel erzählte seinem Enkel oft die wahre Begebenheit, wie er und Gretel von der bösen Hexe, die beide essen wollte, in deren Stall gesperrt wurden. Aber es kam ganz anders, denn er, Hänsel, stieß die Hexe in das Feuer, in welchem sie die Geschwister rösten wollte. Hänschen, wollte alles ganz genau wissen und fragte den Großvater nach jeder Einzelheit. Wie lange ward ihr eingesperrt? Was habt ihr zu essen bekommen? Warum habt ihr den Weg aus dem Märchenwald nicht wiedergefunden?

Opa Hänsel beantwortete seinem Enkel alle Fragen und erzählte jede Einzelheit. Auch Gretchen wollte von ihrer Oma alles ganz genau wissen und fragte ihr Löcher in den Bauch.

Die Kinder waren sehr stolz auf ihre berühmten Großeltern. Hänschen und Gretchen trafen sich täglich und spielten miteinander. Dabei erzählten sie sich, was Oma und Opa so berichtet hatten. Eines Tages hatte Hänschen eine Idee. Der Ort Märchenhausen, wo ihre Großeltern wohnten, lag nicht weit vom Märchenwald entfernt. Hänschen und Gretchen beschlossen, dort am nächsten Tag das Knusperhäuschen der

Hexe zu suchen. Sie würden den Weg wieder nach Hause schon finden.In dem kleinen Kaufladen in Märchenhausen besorgten sich die Kinder ein großes Stück Kreide. Sie nahmen sich vor, Kreuze an die Bäume zu malen, die am Wegesrand standen, um damit den Weg zu kennzeichnen. Im Märchensupermarkt kauften sie sich noch jeder ein Brötchen, eine Tafel Schokolade und zwei Büchsen Cola. Zu Hause packten die beiden heimlich alles in ihre Rucksäcke und versteckten diese unter ihren Betten.Sie gingen früh schlafen, denn sie wollten am nächsten Morgen früh aufstehen und sich heimlich auf den Weg in den Märchenwald machen. „Kikeriki, Kikeriki es ist 5 Uhr morgens früh", rief Nachbars Gockelhahn. Hänschen und Gretchen schlichen sich aus den Häusern ihrer Großeltern und trafen sich am Feldweg zum Märchenwald. Langsam gingen sie den Weg hinunter. Da kamen sie an einen Wegweiser, darauf stand in großen Buchstaben „Zum Märchenwald". Plötzlich hörten beide ein Geräusch. „Was war das?", rief Hänschen, drehte sich um und sah eine Kutsche des Weges kommen. Auf dem Kutscherbock saß ein seltsamer Geselle. Gretchen erkannte ihn sofort. „Guck mal, Hänschen! Das ist der ‚Gestiefelte Kater'!", meinte sie aufgeregt. Und wirklich, dort auf dem Kutscherbock saß der Gestiefelte Kater. Die Kutsche hielt an und der Gestiefelte Kater fragte Hänschen und Gretchen, ob sie ein Stückchen mitfahren wollten. „Sehr gerne!", riefen beide und freuten sich darauf, mit solch einer schönen Kutsche mitzufahren. Rasch stiegen sie auf den Kutscherbock. Hänschen durfte die Zügel der Pferde in die Hand nehmen und die Kutsche lenken. Das war viel, viel schöner, als bei Papa im Auto mitzufahren. Vor der Kutsche waren vier herrliche Schimmel angespannt. Sie verstanden jedes Wort, das Hänschen zu ihnen sagte. Gretchen unterhielt sich derweil mit dem Gestiefelten

Kater und fragte, ob sie ein Autogramm von ihm bekommen könnte. Zu ihrer großen Freude nahm dieser sofort eine Autogrammkarte von sich und unterschrieb. „Wo wollt ihr hin?", fragte der Gestiefelte Kater.„Wir wollen in den Märchenwald und suchen dort das Knusperhäuschen. Wir möchten mal sehen wo Opa Hänsel und meine Oma Gretel von der bösen Hexe eingesperrt wurden", antwortete Gretchen. „Na, da kann ich euch leider nur bis zum Rand des Märchenwaldes mitnehmen. Ich weiß nicht, wo das Knusperhäuschen liegt. An der Rennbahn von Hase und Igel werde ich euch absetzen. Dort ist immer etwas los, da könnt ihr nach dem Weg zum Knusperhäuschen fragen. "Die Kutsche hielt an der Rennbahn. Hänschen und Gretchen stiegen aus und bedankten sich beim gestiefelten Kater, dass er sie in den Märchenwald mitgenommen hatte. Dieser knallte noch einmal mit seiner goldenen Peitsche und rief den Pferden zu: „Auf, auf zum Schloss"! Da lag sie nun die Rennbahn vom Hase und Igel. Neben dem großen Rübenfeld und am Rand des Märchenwaldes. Auf der Rennbahn trainierte der Hase Fliegender Wind. Sein Trainer war ein Terrierhund. Er jagte den Hasen täglich wenigstens 10 Mal über die Rennbahn. Hänschen und Gretchen nahmen auf der Tribüne Platz. Neben den beiden saß der Manager des Hasen Fliegender Wind und knabberte an einer Karotte, damit er besser zuschauen konnte. Wenn man viele Mohrrüben isst, dann kann man besser sehen. Hänschen und Gretchen holten ein Brötchen aus einem Rucksack, dazu eine Cola und begannen zu frühstücken. Dabei schauten sie dem Training des Hasen zu. Der Trainer legte ein schwindelerregendes Tempo vor, doch der Hase Fliegender Wind lief immer mit zwei Hoppelschritten vorne weg. Plötzlich rief der Manager laut: „Am Wochenende zum Rennwettlauf gewinnen wir gegen den Stacheligel, der hat mit seinen krummen Beinen gar keine Chance."

Als Hänschen dies hörte, lief er rasch zur Rennbahn und holte sich ein Autogramm vom schnellsten Hasen im Märchenwald. Nun hatten die beiden schon zwei Autogramme, eines vom Gestiefelten Kater und eines vom Hasen Fliegender Wind, der am Wochenende gegen den Stacheligel antreten würde. „Es wäre wirklich schön, wenn wir auch vom Igel ein Autogramm bekommen würden", meinte Gretchen. Da spürte sie ein Kratzen an ihrem Bein. Eine zierliche Stimme sagte ganz leise: „Ihr wollt ein Autogramm von mir? Das könnt ihr gerne haben. "Der Stacheligel saß ganz unauffällig unter der Tribünenbank und schaute dem Hasen beim Training zu. Er lachte sich ins Fäustchen und meinte: „Der Hase hat keine Chance gegen uns. Der langsamste Igel gewinnt gegen den Hasen und wenn er die 100 Meter unter 5 Sekunden läuft. Wir sind schneller." Er gab Gretchen ein Autogramm von sich. Hänschen und Gretchen waren vor Freude ganz außer sich. Der Manager des Hasen hatte alles mit angehört. „Dieses Mal geht es dem Igel an den Kragen. Fliegender Wind läuft die 100 Meter in 4,98 Sekunden. So schnell kann kein Igel sein", sagte er mit siegessicherem Lachen.Der Igel grinste nur und erwiderte: „Ihr werdet am Sonnabend schon sehen, wer gewinnt." An die beiden Kinder gerichtet fuhr er fort: „Wohin wollt ihr denn eigentlich, oder was macht ihr auf unserer Märchenrennbahn?" Hänschen antwortete: „Wir wollen zum Knusperhäuschen, kannst du uns den Weg beschreiben?" „Ja, so ungefähr. Ich war auch lange nicht da. Ihr geht am besten den Waldweg gerade aus bis zu den drei großen Eichen. Dort steht das Haus von Rotkäppchens Oma, da müsst ihr links abbiegen bis zur Höhle, wo der böse Wolf seinen Bau hat. Danach haltet euch rechts bis zur großen

Linde. Dort ist der Hochzeitsplatz der Vögel des Waldes. Dort müsst ihr die Vögel noch mal fragen, sie werden euch weiterhelfen. "Gerade als er sich umdrehen wollte, fügte der Igel noch hinzu: „Und passt auf den bösen Wolf auf. Er hat immer Hunger, nicht dass er euch frisst. "Die Kinder bedankten sich, schnallten sich ihre Rucksäcke auf den Rücken und gingen den Waldweg geradeaus. Für den Rückweg markierte Hänschen jeden fünften Baum mit einem Kreidekreuz. Unter einem Baum stand ein Pilz, der hatte einen roten Schirm auf dem weiße Punkte waren. „Das ist ein Fliegenpilz!", rief Hänschen ganz laut und sagte: „Den darf man nicht essen, sonst stirbt man. Das hat mir Opa Hänsel beigebracht. Aber er sieht so schön aus." Plötzlich hörten beide einen herrlichen Vogelgesang. Gretchen rief: „Hänschen, sieh mal, die vielen Vögel!

Hänschen, sei mal ganz leise,
da auf den Baum ist eine Meise,
sie fliegt von Ast zu Ast,
sucht Futter ohne Rast.
Guck mal der Fink,
der ist wirklich flink,
schau da oben, da,
dieser schöne Star.
Leise, leise, Hänschen,
da oben sitzt ein Rotschwänzchen."
„Gretchen du hast Recht,
wie bunt ist nur der Specht.
Ach, ich glaub es kaum,
die vielen Vögel auf dem Baum,
es ist so wunderschön,
ich hoffe, wir werden sie bald wiederseh'n."

Plötzlich kam aus einem Seitenwaldweg ein Mädchen heraus. Sie hatte eine rote Kappe auf dem Kopf, eine weiße Schürze um und trug einen schönen, geflochtenen Korb im Arm, in dem viele Leckereien waren.

Das Mädchen sagte: „Die sind für meine Oma, die bringe ich ihr, denn sie ist krank und kann nicht einkaufen gehen."

„Wer ist das?", fragte Hänschen.

„Wer wohl", sagte Gretchen. „Kennst du sie nicht?" Na, ihr Kinder, kennt ihr das Mädchen? HAT EURE MUTTI EUCH DAS MÄRCHEN SCHON VORGELESEN? Das Mädchen, welches Hänschen und Gretchen auf dem Waldweg trafen, wie heißt es? Ja, es heißt: Rotkäppchen. Gretchen holte sofort einen Kugelschreiber aus ihrem Rucksack und bat Rotkäppchen um ein Autogramm.„Rotkäppchen, wo hast du denn deine langen schwarzen Zöpfe", fragte Hänschen. „Ach ich war im Märchensupermarkt beim Frisör und habe sie abschneiden lassen. Ich habe mir einen modernen Schnitt frisieren lassen, die Haare blond gefärbt und eine schön moderne rote Kappe gekauft. Dem Oberförster gefalle ich. Doch ich bin jetzt ein modernes Rotkäppchen geworden." „Wer jault da so fürchterlich? Ich fange richtig an zu zittern." Hänschen bibberte ganz laut und es jaulte wieder. „Wir sind gleich im Haus meiner Großmutter, da brauchen wir keine Angst mehr zu haben. "Rotkäppchens Oma kam aus dem Haus. Auch von ihr bekamen die Kinder ein Autogramm. Besonders Gretchen freute sich darüber. Sie gingen noch mit ins Haus und tranken gemeinsam Kaffee und aßen schönen, selbstgebackenen Kuchen. Das war lecker! Dann bedankten sich Hänschen und Gretchen bei Rotkäppchen und ihrer Oma und machten sich wieder auf den Weg. Als sie am Bau des bösen Wolfes vorbeigingen, hörten sie laute Schnarchgeräusche. „Der Wolf schläft ganz fest und kann uns nicht hören. Wir laufen jetzt ganz schnell bis zur großen Linde und dort fragen wir die Vögel nach dem Weg zum Knusperhäuschen", sagte Hänschen ganz leise. Sie kamen an der großen Eiche vorbei. Immer noch machten die beiden an jedem fünften Baum ein weißes Kreidekreuz. Ein Vogelpaar feierte gerade Hochzeit. Der Bräutigam war der Herr Uhu und die Braut war die Frau Elster. Auch Pitiplatsch war da, das war wunderbar. Doch Hänschen und Gretchen wollten schnell zum Knusperhäuschen. Es war schon fast Mittag, drum hielten sie sich nicht lange an der großen Linde auf. Der Herr Specht erklärte beiden, wie sie weitergehen mussten und so zogen sie weiter. Doch rechts vom Weg sahen sie einen kleinen Zwerg, der war mit seinem langen Bart in eine Wurzel gekommen und hing dort fest. „Helft mir", schrie der kleine Zwerg ganz giftig. „Nun helft mir schon!" „Wie sollen wir dir helfen?", fragte Gretchen ratlos. „Helft mir", rief der Kleine wieder. Da kramte Hänschen in seinem Campingbeutel, holte ein kleines Messer hervor und schnitt den Bart des Zwerges über der Einklemmstelle ab. Der Zwerg war außer sich und beschimpfte die beiden. „Was habt ihr euch nur dabei gedacht, mein schöner Bart. Ihr seid ja noch schlimmer als Schneeweißchen und Rosenrot, die haben wenigstens eine Schere genommen, aber ihr nehmt ein kleines stumpfes Messer. Euch soll die Hexe fressen. "Er nahm seinen Sack und ging los. Im Sack waren Edelsteine, Gold und Silber. „Wer war das denn?", fragte Hänschen. Gretchen antwortete: „Kennst du den nicht? Das war der Zwerg aus dem Märchen Schneeweißchen und Rosenrot. Ein großer Bösewicht."Die Kinder gingen weiter den Waldweg entlang und sahen in der Ferne Rauch aufsteigen. Es brannte ein Feuer und rundherum tanzte wiederum ein kleines Männlein. „Komm lass uns weitergehen! Wer weiß, wer das wieder ist", meinte Gretchen ängstlich." Nun begann das Männlein noch während es tanzte zu singen:

Heute koch ich,morgen back ich,und übermorgen hole ich der Königin ihr Kind, Ach, wie gut, dass niemand weiß,

dass ich .... heiß.

Hänschen und Gretchen wussten nach diesem Lied sofort welches Männchen dort tanzte. Nun möchten sie es von euch wissen, schreibt es an die freie Stelle im obigen Liedreim.

Wer ist das?

R . . p . . s . . . . . . n

Hänschen malte gerade wieder ein Kreuz an einen Baum, als sie einen Reiter des Weges kommen sahen. Als dieser näher kam, war es kein Reiter, sondern eine Reiterin. Gretchen erkannte sie sofort. Auch Hänschen hatte eine Vermutung. Ja, sie war es. Pippi Langstrumpf kam des Weges und fragte Hänschen und Gretchen, ob die beiden unterwegs nicht Ronja, die Räubertochter gesehen hatten. Sie suche sie schon im ganzen Märchenwald.

„Sie versteckt sich vor der Polizei, aber heute ist ihr Geburtstag und ich möchte ihr gratulieren. Sie ist doch immer so allein und darum möchte ich mich heute um sie etwas kümmern", erklärte Pippi flüsternd. Gretchen musste die Frage leider verneinen.

„Na, dann werde ich weiter durch den Märchenwald reiten und sie suchen", sagte Pippi.

Hänschen rief: „Aber nicht bevor du uns ein Autogramm für unsere Märchengestalten - Sammlung gegeben hast." „Das mach ich gerne", meinte Pippi, holte eine Autogrammkarte hervor und gab sie Gretchen. Dann verabschiedete sie sich und ritt weiter. Hänschen und Gretchen sahen in der Ferne ein kleines Häuschen. Ihr Schritt wurde schneller. Da stand es nun, das war wirklich ein schönes Hexenhaus. Es sah so aus, wie es

Opa Hänsel und Oma Gretel beschrieben hatten. Doch was war das? Aus dem Schornstein des Hauses kam Rauch. Hänschen meinte: „Das kann doch nicht sein, die Hexe ist doch tot! Wer wohnt in diesem Haus?"

„Es ist aber alles still. Wir sind im Märchenland, da wundert es mich nicht, wenn die Öfen in den Häusern immer brennen. Komm wir gehen uns das Hexenhaus näher anschauen", meinte Gretchen.

„Oma und dein Opa hatten Recht. Das ganze Haus ist aus Pfefferkuchen, die mit vielen Mandeln und Nüssen versetzt sind." „Komm, Gretchen, lass uns mal eine Mandel essen! Ob diese auch so gut schmecken wie sie aussehen?" Hänschen und Gretchen knusperten ein kleines Stück Pfefferkuchen mit einer Mandel. „Oh, das schmeckt gut", sagte Gretchen. Plötzlich hörten sie aus dem Häuschen eine tiefe Männerstimme sprechen:„Wer knuspert denn am Hexenhaus? Da muss ich doch gleich mal heraus, muss nachsehen wer das ist, die kriege ich auch ohne List!

Es werden wohl wieder die Schlümpfe sein,

da fange ich mir einen ein,

dann gibt es heute Abend Schlupfbraten mit rotem Wein,

oh, das Essen, das wird fein.

So war ich Gargamel heiße,

ich gerne Schlümpfe beiße."

Den beiden Kindern wurde es ganz Angst und Bange. „Was machen wir jetzt?", meinte Gretchen.

„Komm wir verstecken uns. Da ist der Stall, wo die Hexe, Hänsel und Gretel eingesperrt hat, da kriechen wir hinein". Gesagt, getan. Die Tür des Hexenhauses ging auf. Gargamel kam heraus und vor ihm sein böser Kater

Azrael.Der lief sofort zum Stall und der Hexenmeister hinterher. In der Hand hielt er ein Gefäß, aus dem blauer Rauch aufstieg. „Mit diesem Rauch werde ich die Schlümpfe einschläfern", lachte er, „und dann gibt es heute Abend Schlumpfbraten mit rotem Wein." Gargamel war schon voller Vorfreude und auch der Kater miaute ganz laut. „Was machen wir jetzt?" Hänschen hatte die Worte noch nicht ausgesprochen, da ging die Stalltür auf.

Gargamel und Azrael traten ein. „Die Schlümpfe sind immer so dumm und verstecken sich im Stall", murmelte der Hexenmeister vor sich hin. „Na, wen haben wir da?", fragte Gargamel als er die Kinder sah.

„Schade, es sind keine Schlümpfe. Was machen wir denn jetzt mit euch? Ungeschoren kommt ihr beide mir nicht davon. Wer seid ihr überhaupt?"

„Wir sind Hänschen und Gretchen, die Enkelkinder von Hänsel und Gretel", stotterte Gretchen. Leise raunte Gargamel seinem Kater zu: „Ach das waren doch die beiden, welche die Hexe in den Stall gesperrt hat und fett füttern wollte. Die Kinder haben sie dann ins Feuer gestoßen. Die Hexe war meine Tante, jetzt kann ich sie rächen. Azrael, zuerst werden wir Hänschen und Gretchen mit meinem Betäubungsrauch einschläfern und dann werden wir sie fesseln." Gargamel lachte und strahlte übers ganze Gesicht. „Ich werde euch hier in den Stall sperren und zu essen bekommt ihr nur Wasser und Brot. „Die Schlümpfe haben Riesenkinder, so wie ihr es seid, noch nicht so oft gesehen. Da sie neugierig sind, kommen sie und wollen euch sehen.

Dann kann ich sie einfangen und es gibt Schlumpfbraten. Den Schlumpfbraten esse ich für mein Leben gern. Na, da seid ihr ja doch noch zu etwas Nutz." Hänschen rief: „Lieber Gargamel, lass uns nur das Hexenhaus anschauen, wir knuspern auch nicht mehr. Bitte, bitte lass uns laufen!" Er flehte Gargamel an, doch dieser brachte mit einem Zauberspruch sein blaues Gebräu zum Kochen. Hänschen und Gretchen schliefen von den eingeatmeten Dämpfen ein und der Hexenmeister fesselte beide. Dann band er sie am großen Ochsenring an, sodass sie nicht weglaufen konnten. Dabei lachte und jauchzte er vor Freude. „Mit diesen beiden Lockvögeln kann ich mir viele Schlümpfe fangen, die werde ich nicht mehr weglassen", murmelte er vor sich hin.

Dann ging er wieder ins Hexenhaus und der Kater hinterher. Gargamel beauftragte Azrael, nachts Wache vor dem Stall zu halten, damit Hänschen und Gretchen nicht weglaufen konnten. Die Kinder wurden nach einigen Stunden wach, sie waren an Händen und Füßen gefesselt und noch an einem Ochsenring festgebunden. Es gab keine Chance zu entkommen. „Was machen wir jetzt?", fragte Gretchen weinend. „Ich weiß nicht", antwortete Hänschen. So saßen sie die restliche Nacht da. Die Sonne ging auf und die Vögel fingen an zu singen. Auch in Märchenhausen ging die Sonne auf, doch in jener Nacht hatte keiner ein Auge zu gemacht. Als Opa Hänsel und Oma Gretel bemerkten, dass ihre Enkel den ganzen vergangenen Tag nicht nach Hause gekommen waren, hatte man das ganze Dorf abgesucht. Jedoch ohne Erfolg. Die Frau vom Märchensupermarkt konnte sich erinnern, dass Hänschen und Gretchen am Tage zuvor Brötchen, Cola und ein Stück Kreide gekauft hatten. Opa Hänsel schloss daraus, dass sie in den Märchenwald wollten. Er beruhigte Oma Gretel mit den Worten:
„Alles wird gut,
wir brauchen nur sehr viel Mut,
und viel, viel Glück,
Hänschen und Gretchen kommen zu uns zurück."

Doch Oma Gretel war sehr aufgeregt und meinte: „Hoffentlich wurden sie nicht auch gefangen, so wie wir beide damals." Opa Hänsel holte sein Handy aus der Tasche und rief im Märchenwald den schnellsten Sucher und Läufer an. Er wählte die Suchinspektion und am anderen Ende der Leitung meldete sich Speedy Gonzales , die schnellste Maus der Welt. „Hier ist Speedy, was kann ich für euch tun?"

Der Opa Hänsel erklärte Speedy worum es ging und dieser war sofort bereit, Hänschen und Gretchen im Märchenwald zu suchen.

Er machte sich sogleich auf den Weg.

Zuerst lief er über die Sieben Berge
und befragte die sieben Zwerge,
dann ging es weiter zu den Bremer Stadtmusikanten,
die fragten überall und auch ihre Verwandten.
Keiner hatte Hänschen und Gretchen gesehen,
so musste Speedy weitergehen.
Bald war er bei König Drosselbart,
ihr könnt glauben, Speedy, war richtig in Fahrt.
Auch Schweinchen Dick hatte die beiden nicht gesehen,
dass man sie nicht findet, konnte Speedy nicht verstehen.
Der Märchenwald ist groß
und überall ist was los.
Dann lief Speedy zu Frau Holle,
ja, die mit der großen Tolle.
Doch auch da waren sie nicht,
da ging auf bei Speedy ein Licht.
Sie sind bestimmt im Hexenhaus
und schon lief los die kleine Maus.
Er musste an der Rennbahn vorbei,
da liefen gerade Hase und Igel, die Zwei.

Dann traf er das Rotkäppchen vor Omas Haus,
die erzählte alles und schon lief weiter die flinke Maus.
Endlich am Hexenhaus angekommen,
werden aus dem Stall Hilferufe vernommen.
Hänschen und Gretchen zittern und bangen,
hat sie gefangen.
Speedy legt den Rückwärtsgang ein,
hoffentlich bleibt noch Sonnenschein.
Er läuft zum kleinen Drachen mit dem vielen Glück,
und dann kehren beide zum Hexenhaus zurück.
Dieser hat einen Plan,
dazu brauchen sie die Bremer Stadtmusikanten mit dem Hahn.
Der Drache flog zu den Stadtmusikanten zurück
und sie waren da, er hatte wieder mal Glück.
Zusammen machten sie sich auf die Socken
und sie wollten Gargamel aus dem Hexenhaus locken.
Der Plan ging auf
und Gargamel kam heraus
Die Stadtmusikanten machten höllischen Krach
und Gargamel war sofort hellwach,
dann lief er fort,
weit weg an einen anderen Ort.
Zusammen befreite man Gretchen und Hänschen,
Der Drache wackelte vor Freude mit den Schwänzchen,
alles wird gut,
wenn man nur das Richtige tut,
dann hat man Glück
und alle gingen nach Märchenhausen zurück.
Als Hänschen und Gretchen waren dort angekommen,
wurden sie von allen in den Arm genommen,
das Märchen ist nun aus,

von Hänschen und Gretchen, vom grünen Drachen und Speedy der kleinen Maus.
Schreibt mir wie viel Märchenfiguren in dem letzten Gedicht vorgekommen sind.
Ihr bekommt dann von jeder Märchenfigur ein Autogramm.
Sind es vielleicht Sieben,
oder waren es Neun,
Vielleicht auch Elf.
Entscheidet euch und schreibt mir bald!

Der Schuster

Es war einmal ein Schumacher. Er konnte sich grade so über Wasser halten. Er verdiente keine Reichtümer und hatte auch nur noch Leder für ein Paar Schuhe. Am Abend schnitt er das Leder für die Schuhe zu. Am nächsten Morgen wollte er sie zusammen nähen und benageln. Er legte sich ins Bett und schlief auch ganz schnell ein. Er träumte von der Weihnachtszeit und wie es früher einmal war. Damals hatte er noch genug Leder, um Schuhe und Stiefel zu machen. Sogar der Nikolaus und Weihnachtsmann bestellten Stiefeln bei ihm. Als er am Morgen aufwachte und in seine Werkstatt ging, wollte er seine zugeschnittenen Schuhe zusammen nähen und benageln. Doch die Schuhe waren schon fix und fertig. Da staunte der Schuster und glaubte an ein Wunder. Es war alles richtig und besser hätte er es nicht machen können. Er beschaute die Schuhe von hinten und vorne. Nun hatte der Schuster keine Arbeit und kein Leder mehr. Wer hatte die Schuhe gemacht? Bald darauf kam der Käufer und wollte die Schuhe abholen. Auch dieser staunte über die gute Qualität der Schuhe. Er bezahlte den Schuster großzügig. So konnte sich der Schuster wieder neues Leder kaufen. Doch es war ungewöhnlich, dachte der Schuster. Wer hat die Schuhe bloß gemacht? Die Weihnachtszeit war angebrochen und der Schuster hatte neues Leder. Eine Frau wollte für das Weihnachtfest neue Schuhe haben. Sie bestellte diese bei dem Schuster. Der Schuster nahm bei ihr Maß. Wie immer machte der Schuster abends, das Schnittbild für die Schuhe und legte sich dann ins Bett. Er konnte nicht schlafen und die Turmuhr schlug um Mitternacht. Plötzlich öffnete sich die Tür und es kamen viele Wichtel. Der Schuster zählt so zehn Stück an der Zahl. Sie machten sich sofort an die Arbeit und fertigten die Schuhe für die Frau. Danach räumten sie die Werkstatt auf, legten alles an seinen Platz und verschwanden. Der Schuster dachte erst, er hätte das geträumt. Doch als er aufstand, sah er die fertigen Schuhe auf der Werkbank stehen. Am anderen Morgen kam die Frau und holte die Schuhe ab. Sie staunte auch über die Schuhe. In der nächsten Nacht kamen die kleinen Wichtel wieder. Sie brachten schönes Leder mit und gingen da gleich ans Werk. Nun hatte der Schuster wieder viel Leder und konnte wieder Schuhe machen. Er bekam auch von vielen Leuten Aufträge. So wurde der Schuster wieder ein reicher Mann. Er machte auch die Schuhe des kleine Mucks. Er lebte seitdem glücklich und zu Frieden.

Der Rattenfänger zu Hameln etwas anders

Es war einmal ein ganz besonderer Mann. Er hatte eine schöne Gabe. Dieser konnten sehr gut Flöte spielen. Und wenn er Flöte spielte, kam aus den Kellern und aus viele Löcher im Garten die Mäuse und Ratten heraus. Es trug sich zu, dass in dem einem

Jahr in Hameln eine Mäuse und Rattenplage war. Da holten sie diesen besonderen Mann und wollten, dass er diese Plage ein Ende bereitete. Sie wollten ihn dafür gut belohnen. So ging der Flötenspieler nach Hameln und spielte mit seiner Flöte. Und wirklich alle Mäuse und Ratten kamen aus Kellern und vielen Löchern und liefen dem besonderen Mann nach. Er brachte sie aus die Stadt zu einem See und ließ sie sich dort ertränken. Nun ging der Flötenspieler wieder zurück in die Stadt Hameln und wollte seinen versprochenen Lohn. Doch die Stadt und dessen Bürgermeister gaben ihm diesen nicht. Da dachte sich der Flötenspieler eine gerechte Strafe für die Stadt und dessen Bürgermeister aus.

Er holte wieder seine Flöte vor und spielte darauf. Da kamen aus den Häusern der Stadt alle Kinder ab vier Jahren heraus und folgten dem besonderen Mann. Auch die Tochter des Bürgermeisters war darunter. Er zog mit den Kindern aus die Stadt zu einer Höhle in einen Berg. Da brachte er alle Kinder unter. Ein etwas größer Junge konnte aber entkommen und lief zurück in die Stadt. Der Junge erzählte alles dem Bürgermeister, doch er hatte nicht gesehen, wohin der Flötenspieler die Kinder gebracht hatte. Jetzt sucht fast alle Männer der Stadt die Gegend um die Stadt ab. Leider fanden sie die Kinder nicht. Nun heulte alle Mütter und die Großmütter und machten den Bürgermeister große Vorwürfe, weil er nicht den versprochenen Lohn gezahlt hatte. Die Kinder kamen nicht zurück, nur ein kleiner Junge. Dieser wusste aber nicht, wohin der besondere Mann die Kinder gebracht hatte. Der kleine Junge erzählte das alles einer guten Hexe, die auch in Hameln wohnte und diese wusste Rat. Sie holte ein Orchester, aber ohne Flötenspieler. Dann ließ sie die Kapelle spielen und das hörte der Flötenspieler. Er ging zu dem Orchester und spielte mit. Das hörten die Kinder im Berg und folgten der Musik. Da die Musik aus der Stadt kam, gingen die Kinder zurück in die Stadt.

Die Freude war groß, dass die Kinder alle wieder da waren. Den Flötenspieler hielten viele Bürger der Stadt fest, doch der Bürgermeister gab ihm den versprochenen Lohn und ließ ihn seiner Wege gehen. Somit nimmt die Geschichte ein anderes Ende als die Sage.

Rumpelstilzchen etwas anders

Es war Winter und der Schnee lag sehr hoch. Ein armer Junge musste mit seinen Schlitten aus dem Walde Holz holen. Er suchte es zusammen und belud seinen Schlitten. Weil es sehr kalt war, suchte er weiter und machte sich ein Feuer, um sich ein bisschen zu wärmen. Er scharte den Schnee weg, um dort das Feuer zumachen. Dabei fand er einen silbernen Schlüssel. Wo ein Schlüssel ist, muss auch Kästchen sein. Dann begann er in den harten Boden zu graben. Und wirklich fand es ein Kästchen. Er nahm das Kästchen und der Schlüssel passte. Er drehte den Schlüssel herum und das Kästchen sprang auf. Es lagen wunderbare Sachen in dem Kästchen. Weiterhin lag noch ein Zettel im Kästchen. Der Zettel sah aus, als wäre es eine Landkarte. Auf der Karte war ein dickes Kreuz. Es wird wohl eine Schatzkarte sein. Er nahm die Karte und fing an zu suchen. Ungefähr drei Kilometer weiter fand er eine Höhle. Der arme Junge ging in die Höhle. In der Höhle brannte Feuer und um das Feuer tanzte ein Männchen und sang:

Heut braue ich und morgen hole ich der Königin ihr Kind.

Der Junge wusste sofort, wer das Männchen war. Es Rumpelstilzchen aus dem gleichnamigen Märchen. Was soll er nun machen und er lief aus der Höhle und holte seinen Schlitten. Dann brachte er das Holz nach Hause. Er zog sich nicht aus und lief zum Schloss. Dort suchte die Königin nach Namen, denn das Männchen wollte ihr Baby holen, wenn sie nicht bis morgen den richtigen Namen wusste. Der arme Junge verriet ihr den Nahmen. "Rumpelstilzchen!"

Am nächsten Tag kam das Männchen, um das Kind zu holen. Er fragte nach seinen Nahmen. Die Königin sagte ein paar und zuletzt Rumpelstilzchen. Da wurde das Männchen wütend und stampfte mit den Füßen. Und plötzlich war es in den Erdboden versunken. Er durfte das Baby nicht mitnehmen. So half der arme kleine Junge der Königin. Er wurde, dafür reich belohn. Seine Eltern und er brauchten nicht mehr Hunger.

Schneewittchen mal etwas anders

Schneewittchen war ein schönes Kind,
die Stiefmutter war nicht blind.
Sie war die Schönste hier im Land,
die neue Königin, dass nicht gut fand.
Sie wollte die Schönste sein
und fing oft an zu schreien.
Ich bin die Schönste hier im Land
und richtig elegant.
Jedes Mal, wenn sie den Spiegel fragte
und er ihr sagte,
Frau Königin ihr seit die Schönste hier,
doch Schneewittchen ist noch tausendmal schöner als ihr.
Sie bekam Wut
und holte den Mann mit dem grünen Hut.

Töte Schneewittchen, befahl sie ihm
und geh mit ihr ins Grün.
Du schießt sie Tod,
Schneewittchen hatte Not.
Der Jäger ging mit ihr in den Wald,
wo ein Gewehrschuss nicht so halt.
Doch er konnte es nicht,
weil sein Herz dann bricht.
Er schoss ein Reh,
oh weh.
Er nahm das Herz des Tiers,
dadurch wurde Schneewittchens Herz kopiert.
Das Herz brachte er der Königin,
zum Schloss des Königs hin.
Die böse Frau freute sich
sehr, sehr bösartig.
Jetzt bin ich die Schönste im Land,
der Spiegel es auch 1a das fand.
Doch beim nächsten Mal, da sagte der Spiegel,
lustig und fröhlich.
Schneewittchen ist die Schönste im Zwergenland,
da haut die Königin mit der Faust an die Wand.
Ich werde sie eigenhändig töten,
wiederum ist Schneewittchen in Nöten.
Doch sie schaffte es nicht,
in der schönen Maid brennt immer noch das Lebenslicht.
Die junge Prinzessin bekam einen Prinzen
und zur Hochzeit tat sie über die Königin grinsen.
Die Böse Königin wurde aus dem Land gejagt
und ihre Hässlichkeit sie immer wieder plagt.

Die Stadtmusikanten, anders

Ein Bauer ließ seinen Wagen von einem Pferd und einem Esel zum Markt in die Stadt fahren. Unterwegs stritten sich der Esel und das Pferd, wer stärker ist und den Wagen besser ziehen konnte.

Da sagte der Esel zum Pferd: „Du bist viel größer als ich und darum brauchst du nicht so viel Kraft den Wagen zu ziehen. Ich dagegen bin kleiner und brauche mehr Kraft, um mit dem Wagen voranzukommen." Da lachte das Pferd und sagte zum Esel: „Du bist ein Taugenichts und warum soll ich dir helfen? Ich kann auch schneller laufen, als du und mache nicht so dumme Laute. Das I. a. hört sich fürchterlich an." So stritten die beiden Tiere und kamen in der Stadt an. Der Bauer hatte von dem Streit nichts mitbekommen, denn er verstand die Tiersprache nicht. Nun spannte der Bauer den Esel und das Pferd vom Wagen ab. Da lief der Esel weg und das Pferd hinterher. Sie machten einen Wettlauf. Auch dieses Mal gewann das Pferd und der Esel wurde traurig. Da traf der Esel einen Hahn, der krähte ganz laut. Er freunde sich mit dem Hahn an und beide gingen zurück zum Bauernhof. Unterwegs trafen sie noch einen Hund und später einer Katze.

Das Pferd lief zurück zu dem Wagen und musste diesen zum Bauernhof ziehen. So wurde das Pferd wütend auf den Esel, weil er weggelaufen war. Auch der Bauer suchte den Esel, doch er fand ihn leider nicht. Unterwegs sagen die Tiere. Der Esel I. a., I. a. der Hund wau, wau, die Katze miau, miau und der Hahn kikeriki, kikeriki.

Da kam der Esel auf die Idee. Wir werden Stadtmusikanten und gehen in die Stadt und singen dort auf dem Marktplatz. Sie drehten um und gingen zurück zur Stadt. Da das Pferd und der

Bauer einen anderen Weg genommen hatte, trafen sie das Pferd und den Bauern nicht. In der Stadt auf dem Marktplatz, da war was los und alle Besucher staunten über die Tiere. Sie bekamen viel Applaus. Am Abend mussten sich der Esel, der Hund, die Katze und der Hahn ein Quartier zum Schlafen suchen. Sie kamen durch einen Wald und dort sahen sie ein Haus. In dem Haus war lauter Gesang, ob eine Menge Menschen feiern. Sie ging vorsichtig ans Fenster und schauten in das Haus. Da feierten Räuber und waren fast besoffen. Da kam der Esel auf eine Idee. Sie stiegen übereinander, zuerst der Esel, dann der Hund, danach die Katze und zum Schluss der Hahn.

Mit einem Riesenkrach stürzten sie sich durch das Fenster des Raumes, indem die Räuber feierten. Diese bekamen Angst und flüchteten aus dem Haus. So hatten die Stadtmusikanten das Haus erobert. Nun hatten sie eine Bleibe und jeder machte es sich gemütlich. Der Esel legte sich hinter die Tür auf den Teppich, der Hund auf die Couch und die Katze auf ein Kissen der Couch. Der Hahn flog auf den Schrank und so schliefen sie ein.

In der Nacht schlichen sich die Rüber zurück zu ihrem Haus, die Räuberhöhle und wollten sie zurückerobern. Sie drangen, durch die Türe ins Haus und da weckten sie die Tiere. Diese schlugen die Räuber wieder in die Flucht und seitdem suchten sie sich ein anderes Zuhause. Jetzt hatte der Esel,

der Hund, die Katze und der Hahn, das Räuberhaus für immer. Dort lebten sie zusammen und gingen öfter in die Stadt und sangen ihr I. a. Gesang. Der Bauer und das Pferd waren jetzt allein Zuhause und das Pferd musste die ganze Arbeit allein machen.

Ein altes Märchen anders

Eine Mutter hatte zwei Töchter. Die eine war blond und die andere fuchsig. Die Töchter sahen sich sehr ähnlich. Nur an der Haarfarbe konnte man sie unterscheiden. Die Mutter und ihre Töchter wohnten am Rande eines dunklen Waldes. Die Töchter gingen oft in den Wald, um Pilze zu suchen. Zwischen Tannen und Sträucher fanden sie viele Pilze. Plötzlich sahen sie, wie ein Zwerg kämpft, um wieder loszukommen, denn sein Bart war eingeklemmt. Sie liefen hin, um zu helfen, doch der Zwerg wollte das nicht. Leider kam er nicht alleine los. Darum mussten doch die beiden Schwestern helfen. Blondi nahm ein Messer und schnitt das eingeklemmte Endstück vom Bart ab. Nun war der Zwerg wieder frei. Doch um sich zu bedanken, schimpfte er die beiden Schwester aus. Dann nahm er sein Säckchen und lief ganz schnell davon. Die Schwester konnten ihn nicht folgen. Doch dabei trafen sie einen Bären. Der Bär tat den Schwestern nichts, denn er war ein freundlicher Bär. Was die Schwestern nicht wussten, dass der Bär ein verwunschener Prinz war. Die beiden hatten genug Pilze gefunden und gingen nach Hause. Doch der Bär kam ihnen hinterher. Besonders Blondi hat es den Bären angetan. Auch sie gab den Bären gute Sachen zum Fressen. Am nächsten Tag gingen sie alle wieder in den Wald. Der Bär lief durch den Wald als ob er etwas suchte. Die Geschwister suchte heute Beeren und plötzlich sahen sie wieder den Zwerg. Der hatte abermals seinen Bart eingeklemmt. Blondi und ihre Schwester wollten wieder helfen. Doch der Zwerg sträubte sich dagegen. Doch es blieb ihn nichts übrig, dass Blondi ihn wieder ein Stück vom Bart abschnitt. Da tobte der Zwerg und war außer sich. Seinen Bart brauchte er, denn es war ein Zauberbart. Je kürzer der Bart war, umso weniger Kraft hatte der Zwerg um zu zaubern. Da kam auf einmal der Bär und sah den Zwerg. Er stürzte sich auf diesen und tötete ihn. Da plötzlich verwandelte sich der Bär wieder in einen Prinzen. Der Zauber des Zwerges war gebrochen. Sie nahmen das Säckchen des Zwerges, der voll war mit Gold und Diamanten und gingen zum Haus der Geschwister. Dort erzählte der Prinz, dass der Zwerg ihn vor langer Zeit in einen Bären verwünscht hatte und die Geschwister ihn gerettet haben. Sie hatten den Zwerg seine Zauberkraft genommen, in dem sie ihn den Bart gekürzt hatten. So konnte der Bär, Prinz, den Zwerg besiegen. Der Prinz nahm beide Geschwister mit auf seinen Schoß und heiratete Blondi. Ich hoffe, ihr erkennt das Märchen. Es ist nur etwas anders geschrieben.

Das tapfere Schneiderlein mal anders

Es war einmal ein Schneiderlein. Er ging seinen Wegen und traf dabei einen Riesen.
Der Riese sprach, ich werde dich tot hauen.
Manche das bitte nicht ich zeige dir einen Zaubertrick.
Na gut lass ihn sehen und wenn ich ihn noch nicht kenne, dann lasse ich dich laufen. Das Schneiderlein faste in die Tasche und holte einen Vogel hervor, den er vorher gefangen hatte. Ich schmeiße den Stein in die Luft, der kommt nicht mehr herunter. Gesagt, getan. Der Riese war etwas dumm und merkte den faulen Zauber nicht. Er nahm auch einen Stein von der Erde und schmiss ihn hoch, doch der Stein fiel herunter.
Na gut, ich lasse dich laufen und beide trennten sich. Doch das tapfere Schneiderlein lief im Kreis und sah plötzlich den Riesen mit einem anderen Riesen unter einem Baum schlafen. Daneben

lag noch ein anderer Riese. Er suchte sich ein paar Steine und steckte sie in die Tasche, kletterte den Baum und schmiss einen Stein auf den einen Riesen. So kamen die Riesen in den Streit und hauten sich mächtig.

Der eine Riese hatte eine Beule und der andere ein blaues Auge. Humpelt gingen die Riesen auseinander. So war er die Riesen los und ging weiter durch den Wald, dabei trillerte er ein Lied. Doch da traf er ein riesiges Wildschwein. Haste nicht, was kannst du nicht, lief er durch den Wald, bis zu einer Hütte.

Dort lief er in die Hütte und sprang aus dem Fenster der Hütte. Das riesige Schwein immer hinterher. Der Schneider war pfiffig, lief um das Haus und sperrte das Schwein ein. So entkam er das Ungeheuer.

Der Schneider ging singend weiter durch den Wald und kam zu einem großen prächtigen Schloss.

Dort schaute eine Prinzessin aus den Fenstern und er verliebte sich sofort in sie. Darauf ging er zum König und fragte, ob er nicht die Prinzessin heiraten dürfte. Der König und auch das Mädchen waren nicht abgeneigt. Der König sagte, wenn du mir, das Einhorn, was durch den Wald läuft, fängst, bekommst du meine Tochter und wirst König. Dazu bekommst du auch noch das Königreich.

Sofort machte sich der Schneider auf den Weg. Und fand nach einiger Zeit das Einhorn. Er brüllte ganz laut und das Einhorn sah den lustigen Schneider. Es lief auf das Schneiderlein zu. In Windeseile stellte er sich hinter einen dicken Baum und schon stach das Tier in den Baum fest. Es hatte sich in den Baum fest gestoßen.

Die Jäger des Königs fingen das Einhorn und es gab am Abend Einhorn braten zum Abendessen.

So bekam er die Königstochter zur Frau und dazu noch das Königreich, weil der König schon zu alt war. So lebte der Schneider als König mit seiner Königin bis ans Ende des Lebens und wenn sie nicht gestorben sind, dann leben sie noch heute.

Die kleine Meerjungfrau etwas anders

Im Meer lebte ein König, der hatte zusammen mit seiner Frau sechs Töchter. Die Töchter wuchsen heran und als sie älter wurden, durften sie das erste Mal an die Oberfläche des Meeres sein. Die jüngste Tochter liebte Musik und als sie auch das erste Mal oben war, hörte sie von Weiten, dass irgendwo Musik spielte. Am Strand feierte ein Prinz seinen achtzehnten Geburtstag. Da schwamm die jüngste Tochter des Meereskönigs hin. Sie wollte gerne sehen und hören, wer dort Musik macht. Doch es kam ein Sturm und der Prinz der grade in einem Boot saß, kenterte. Die jüngste Meerestochter rettet den Prinzen und legte ihn am Strand nieder. Sie wartete, bis er gefunden wurde und kehrte zurück in die Tiefen des Meeres. Viele Tage nach dem Unglück suchte der Prinz den Strand ab, ob er nicht die schöne Retterin wieder sieht. Auch die jüngste Tochter des Meereskönigs ging es so. Sie suchte den Strand ab, ob sie den schönen Prinzen findet. Doch beide trafen sich nicht. Da fragte die jüngste Tochter des Meereskönigs ihre Großmutter und diese erzählte ihr, dass Menschen eine unsterbliche Seele haben und dass diese viel kürzer leben, dass sie. Da wurde die jüngste Tochter traurig und sie schwamm wieder nach oben und schaute an Strand nach, ob sie den Prinzen sieht. Doch leider sah oder fand sie ihn nicht. Da tauchte sie wieder zurück auf den Grund des Meeres und suchte Austern. Sie fand auch welche und sogar drei Muscheln mit wunderschönen Perlen. Da schwamm sie wieder zurück zum Strand und legte dies auf einen großen Stein der am Strand lagt. Danach schwamm sie zurück aufs Meer und schaute zum Strand. Dort kam ein kleiner Junge und fand die Perlen. Er brachte sie freudig zum Prinzen und gab sie ihm. Er freute sich und fragte: "Wo er sie gefunden hatte"? "Am Strand auf einen großen Stein", war die Antwort. Da zog sich der Prinz an und holte aus dem Stall sein Pferd und ritt zum Strand. Er sucht den großen Stein, den er bald fand. Alles das sah die jüngste Tochter des Meereskönigs. Sie schwamm zum Strand und traf dort den Prinzen. Beide verliebten sich sofort ineinander. Da nahm der Prinz die Tochter mit in seinen Palast und zeigte sie seine Großmutter. Diese fand die kleine Meeresnixe wunderschön, doch sie hatte keine Beine und darum könne sie nicht am Land leben. Da brachte der Prinz die Nixe zurück ins Meer. Diese war traurig und schwamm zur zu ihrer Großmutter. Sie erzählte ihr alles und hatte nur einen Wusch, sie wollte ein Mensch werden. Da half ihr die Großmutter und erklärte ihr, was sie machen müsste. Doch eins musste die kleine Tochter des Meereskönigs wissen, einen Weg zurück gibt es nicht. Die kleine Junge-Nixe schwamm zurück zum Strand und wurde ein Mensch. Dann lief sie zum Palast des Prinzen und beide wurden ein Paar. Sie lebten noch sehr lange, doch als der Prinz starb, löste sich die Tochter des Meereskönigs im Meeresschaum auf. Dass so etwas passiert, hatte ihre Großmutter ihr nicht erzählt. Ihre fünf anderen Schwestern holten den Meeresschaum auf der Grund des Meeres und steckten diesen in eine Flasche und brachten dies an Strand des Meeres zu dem großen Stein.

Der Traum

Es war einmal ein kleines Mädchen. Sie wollte alles haben und weil sie noch nicht so richtig sprechen konnte, sagte sie immer „Ich." Darum nannten sie das Mädchen, Ich. Besonders auf den Kuchen und den Pudding hatte sie es abgesehen. Abends, wenn sie ins Bettchen gehen sollte, wollte sie das nicht. Eines Tages, sie war in ihrem Bettchen und kletterte heraus und tippelte mit der Puppe in der Hand zum Fenster. Draußen war es sehr dunkel, nur der Mond schien. Auf einmal kam aus dem Garten ein Licht und das Mädchen sah einen kleinen Wichtel. Da wurde das Mädchen neugierig, sie nahm ihre Puppe in den Arm und rief den kleinen Wichtel. Sie fragte: „Wie heißt du?" Da antwortete der Wichtel: „Ich heiße Ich." Schon wurde Ich und Ich Freunde und sie spielten miteinander. Der kleine Wichtel kam mit ins Zimmer des kleinen Mädchens. Plötzlich wurden alle Plüschtiere lebendig und sie machten dem Mädchen Angst. Das interessierte den Wichtel nicht. Er tanzte im Zimmer herum und trat dem Mädchen aus dem Fuß. Da fing das Mädchen an, zu weinen. Der kleine Wichtel wollte sie trösten. Doch plötzlich ging die Tür auf und die Mutti stand im Zimmer. Sie fragte ich: „Warum weinst du?" „Mir ist ein kleiner Wichtel auf den Fuß getreten und das tut weh", sagte das Mädchen heulend. „Hier ist aber kein Wichtel, hier liegen nur Plüschtiere herum, du hast bestimmt nur geträumt!" Die Mutti nahm ich in den Arm und legte sie dann wieder ins Bett.
Nach einer kurzen Weile schlief das Mädchen. Es war alles wieder gut.

Der Kampf zwischen Herbst und Winter

In der trüben Herbstzeit ärgerten sich die Herbstgeister und schimpften auf den Winter. Darum beschlossen sie, die Menschen auch zu ärgern. Sie wollten den Winter den Weg versperren und darum wurde eine dicke Nebelwand auf dem Weg gestellt. Die Gesichter der Menschen wurde sehr, sehr finster. Wo bleibt dann der Winter? Auch die Wintergeister fühlten sich gar nicht gut und liefen gegen die Nebelwand. Es war sogar zum Eiszapfen ausreißen. Im Palast der Schneekönigin war großes Elend, denn was sollte nun werden, jammerten die Wintergeister der Schneekönigin. Die Nebelgeister, aber lachten sich eins ins Fäustchen und hoben beide Arme in den Nebel. Da wurde die Schneekönigin wütend und die Wintergeister mussten einen richtigen Schneehagel auf die Erde schicken. Und am gleichen Tage stieg die Schneekönigin auf die Erde hinab. Als die Herbstgeister das merkten, wurden sie sehr gereizt, doch sie kämpften mit dem Nebel gegen die Schneekönigin. Doch die Schneekönigin war schlau. Sie becirtte die Herbstgeister, sie sollte in der Nebelwand ein kleines Loch in der Nebelwand lassen. Das war aber ein großer Fehler, denn dadurch konnte die Wintergeister hin durchschlüpfen. So konnten sie hinter der Nebelwand ausbreiten und dort den Winter bringen. Als die Herbstgeister das sahen, da gaben sie auf und ließen die Wintergeister gewähren. Da fingen die Wintergeister ein Loblied auf den Winter zu singen und der Winter zog ins ganze Land ein. Die Herbstgeister dagegen zogen sich in ihre Höhlen zurück und warteten auf den nächsten Herbst.

Der Drache und die Ritter

Vor seiner Höhle lag ein Drache. Er schaute in die Umgebung. Hier war immer etwas los. Ritter kämpften miteinander, da unten im Wald. Sie versteckten sich zwischen Sträucher und Bäumen. Dabei schauten sie immer auf den Berg hinauf, wo der Drache seine Höhle hatte. Der Drache passte genau auf, was die Ritter machten. Dann kam ein Ritter bergauf und sah den Drachen. Er zog sein Schwert und wollte den Drachen töten. Doch dieser ließ einen Feuerstoß aus seinem Maul und schon war der Ritter tot. Das hörten die anderen Ritter und sie machten sich zum Kampf mit dem Drachen bereit. Sie schlichen sich den Berg empor. Welche von hinten und welche von vorn. Nun hatten sie den Drachen in der Falle. Unter Gebrüll stürzten sie sich auf den Drachen. Doch der Drache war klug, er ließ einen Feuerstoß aus seinem Maul und flog in die Luft und war fort. Die Ritter mussten sich erst einmal sammeln und gingen zurück. Dann flog der Drache über die Ritterburg, spukte noch einmal Flammen und lachte ganz laut. Da waren die Ritter ärgerlich und schwor den Drachen Rache.

Einige Zeit ging ins Land und der Drache war wieder in seiner Höhle zurück. Auch die Ritter sahen das. Jetzt ging der Kampf von neuen los. Dieses Mal waren die Ritter klüger. Ein Fluss, der aus dem Berg kam, zapften sie an und mit Feuerwehrschläuchen holten sie das Wasser bis zur Höhle. Dann griffen sie den Drachen an und als diese wieder Flammen spukte, nahmen sie die Schläuche und spritzten ihm das Wasser in sein Maul. Auf diese Weise löschten sie das Feuer des Drachen. Als sie damit fertig waren, stürzten sich mit ihren Schwertern auf den Drachen und verletzten ihn. Mit letzter Kraft hob der Drache wieder in die Luft ab und war nie mehr gesehen.

Er suchte sich eine andere Höhle und lebte ab sofort dort. Die Ritter dagegen lebte nun für immer ohne das sie mit den Drachen kämpfen mussten.

Das tapfere Schneiderlein
(frei nach einem Märchen der Gebr. Grimm)

Es war einmal ein Schneiderlein,
das schneiderte tagaus, tagein.
Ohne jede Furcht und Tadel,
mit Schere, Faden und Nadel.
So saß er nun beim Frühstück,
da hatte er viel Glück.
Da kamen sieben Schnaken,
mit einem heftigen Hieb hat er sie erschlagen.
Darauf machte er sich an die Arbeit gleich
und stickte auf einem Gürtel, sieben auf einen Streich.
Wie im Gedicht erörtert,
hat er die Schnaken ins Jenseits befördert.
Nach dieser großen Heldentat
ging er jetzt auf Wanderschaft.
Da traf er einen Riesen,
unter dem Baum aus einer Wiese.
Der Riese war der stärkste Mann auf der Welt,
doch unser Schneiderlein war doch ein Held.
Der Riese war von Kräftemessen besessen
und wollte sich mit den Schneiderlein die Kräfte messen.
Gegen den Himmel warf das Schneiderlein einen Stein
(es war ein Vogel),
er dann den Wettkampf gewann

durch Täuschung und Gemogel.
Dann wanderte er durch ein Königreich,
er traf den König, dieser war kreidebleich.
In einem Wald, dort ein Einhorn hauste,
dem König sich vor dem Untier grauste.
Der König galt, so ganz nebenbei,
als ein ganz Ausgekochter.
Wenn du Schneiderlein das Reich von dem Übel befreist,
dann bekommst du meine Tochter zur Frau und das ganze Königreich.
Das Schneiderlein ging in den Wald
mit einer langen Flinte.
Das Einhorn kam mit blinder Wut
und stak bald im Stamme einer Linde.
Die zweite Prüfung, hundsgemein,
sie galt zwei Riesen Streitigkeit.
Diese schlugen sich die Köpfe ein,
auf der Raffinesse des Schneiderlein.
Die dritte Prüfung im Verhau
galt übrigens einer wilden Sau.
Das Schneiderlein war wirklich schlau
und fing im Dorfe die wilde Sau.
Am Schluss zu konstatieren ist,
greift man zu einer kleinen List.
Als Mensch kommt so weiter,
so machte es auch der Schneider.
Sein Lohn vom König auch ohne List,
er jetzt Besitzer des Königreiches ist.
Er bekam auch noch des Königs -Tochter,
und wurde auch ihr Schneider.
So lebte er für immer

im Schloss mit vielen Zimmern.
Glücklich und zufrieden
und ist trotzdem ein Schneiderlein geblieben.

Der Vagabund und die alte Frau

In einem Waldhaus lebte eine alte, kluge Kräuterfrau. Eines
Tages kam ein Vagabund vorbei und hatte großen Hunger. Sie
holte den Landstreicher in ihr Domizil und gab ihm zu essen und
zu trinken.
Als der Mann allein in der Stube saß, entdeckte er in einem
Glaskelch einen kostbaren Diamanten. Die alte Frau
beobachtete den Landstreicher, wie dieser habgierig auf den
Stein blickte. Er schaute und entnahm den Stein und steckte ihn
in die Hosentasche. Die Alte ließ in Gewähren.
Plötzlich hatte es der Vagabund eilig. Er aß nur zwei Bissen und
nahm einen kleinen Zug aus dem Weinglas, dann
verabschiedete er sich und verließ fluchtartig das Haus. Die alte
Frau winkte freundlich hinterher.
Der Landstreicher lief so schnell er konnte in den Wald, bis er
sich sicher fühlte. Steckte seine Hand in die Hosentasche und
holte den Diamanten vor.
Doch was er sah, war kein Schmuckstein, sondern ein ganz
gewöhnlicher Kiesel. Wie er ihn auch drehte und wendete, es
war kein Diamant.
Vor Wut nahm er den Stein und warf ihn in hohem Bogen weg.
Der Vagabund bekam plötzlich vor Hunger Magenkrämpfe. Sein
Ärger war groß, dass er sich bei der alten Frau nicht satt
gegessen hatte.

An nächsten Tag ging die Alte in den Wald, um Pilze und Kräuter zu suchen und fand dabei ihren kostbaren Diamanten wieder. Zu Hause legte sie das Schmuckstück erneut in die Stube in das Glasgefäß und freute sich darüber.

Dem Vagabunden aber ging es vor Hunger schlecht. Als er im nächsten Dorf beim Klauen erwischt wurde, brachte man ihn ins Gefängnis. Zum Essen bekam er nur Wasser und Brot.

Der Fuchs und der Hahn

Der Fuchs und der Wolf machten einen Wettlauf. Nach dem Wettlauf hatte der Fuchs Hunger und er wusste, wo ein Hühnerhof war. Dort liefen viele Hühner herum und der Hahn, der sie bewachte, war auf einem Auge blind. Der Fuchs wollte sich dort ein Huhn holen. Doch ein Hühnerhabicht kam ihn zu vor. Der Hahn sah aber den Hühnerhabicht und warnte seine Hühner. So liefen sie alle in den Stall. Der Fuchs aber lief auf den Hühnerhof und traf dort den Hahn. „Du kannst aber doch gut gucken", sagte der Fuchs." Ich kann deinen Star auf dem Auge heilen, dann kannst du wieder mit beiden Augen sehen, du kannst so besser auf deine Hühner aufpassen" „Wie willst du das machen, mein Auge heilen? ", fragte der Hahn. „Ich werde dich küssen und dein Auge ist geheilt." Der Hahn wusste aber, dass man den Fuchs nicht trauen kann, doch er sagte zu ihm: „In Gottes Namen küsse mich." Das hörte der Fuchs gerne und er schnappte den Hahn am Hals. Er würgte ihn und der Hahn fiel um und war ohnmächtig.

Nun waren alle Hühner schutzlos und so holte sich der Fuchs ein Huhn. Doch das macht ein Riesenradau und das hörte der Hund Bello. Er sah den Fuchs und rannte hinterher. Am Zaun hat er den Fuchs erwischt und biss ihn in sei rechten Vorderlauf. Da ließ der Fuchs das Huhn los und es flog sofort auf den Zaun. Mit großer Mühe entkam der Fuchs und kam humpelt zu Wolf. Der fragte: "Warum humpelst du?" Doch der Fuchs gab keine Antwort. Er kroch in seinen Bau und leckt seine Wunde. Jetzt muss er wieder mit Mäusen, die er fangen wird, zufrieden sei.

Der Fuchs, der Igel und der Förster

Der Fuchs war hungrig, doch der Hase ist ihn entgangen. Da lief er über das Feld und wollte sich ein paar Mäuse fangen. Plötzlich kam ein Igel an getippelt. Er setzte sich neben ein Mäusenest und fing eine Maus an zu fressen. Das sah der Fuchs und nahm dem Igel die Maus weg und fraß sie auf. Da fing der Igel an zu schreien und schimpfte den Fuchs aus. Der Fuchs lachte über den Igel. Für den Fuchs war die Maus etwas für den holen Zahn. Da dachte der Fuchs: „Ich werde mal versuchen den Igel zu verschlingen" und griff den Igel an. Doch der Igel wehrte sich und fauchte. Er rollte sich zu einer Kugel zusammen. So konnte der Fuchs den Igel nicht greifen. Da fragte der Fuchs den Igel: „Warum hast du so spitze Stacheln auf deiner Haut?" „Das sind meine Waffen gegen Füchse und Wölfe", sprach der Igel. „Wenn du möchtest, dann kannst du gerne einmal zubeißen, dann merkst du meine Waffen." Da biss der Fuchs zu und fing an zu jaulen. Die Stacheln bohrten sich in die Schnauzte und Nase des Fuchses. Sofort ließ der Fuchs von dem Igel los. Er drehte sich um und lief in den Wald. Der Igel war Sieger geblieben. Er rollte sich wieder auf und suchte ein neues Mäusenest. Der Fuchs dagegen lief durch den Wald, da kam der Jäger mit zwei Jagdhunden. Diese sahen den Fuchs und jagten den Fuchs. Der

Jäger schoss eine Ladung Schrot auf den Rotbraunen. Er traf den Fuchs. Mit letzter Kraft rettete sich dieser in seinen Bau. Doch die beiden Hunde holten ihn wieder aus dem Bau. Da schnappte der Jäger den Fuchs an die Ohren und steckte ihn in einen Sack. So wurde der Fuchs vom Jäger gefangen und getötet. Das Fell vom Fuchs wurde ein schöner Abtreter vor dem Wohnzimmer des Försters.

Der Fuchs und der Mäusebussard

Ein Bussard hatte Hunger und flog auf die Jagd und irgendwie hatte er großes Jagdglück. Er fing eine Maus. Er flog mit der Maus im Schnabel auf einen Baum und setzte sich auf einen dicken Ast und wollte die Maus fressen.
Der Fuchs unter dem Baum sah den Vogel und auch die Maus im Schnabel.
Da dachte er sich: „Ich kann es ja mal versuchen und vielleicht habe ich Glück."
„Hallo, Bussard!", rief der Fuchs. „Möchtest du wieder so schön rufen, wie gestern Abend", schmeichelte er. „Dein Rufen war wie Gesang der Nachtigall wunderschön und ich würde es gern noch einmal hören.
Der Vogel schaute nach unten und sah den Fuchs, dabei antwortete er mit einem lauten Rufen. Er öffnete dabei den Schnabel und die Maus fiel auf den Waldboden. Schnell lief der Fuchs zur Bussards beute und fraß diese.
Der Bussard rief vor Wut noch einmal und flog wieder auf die Jagd.
Der Fuchs entgegen hatte für die nächsten Stunden seinen Hunger gestillt.

Was sagt uns das: „Glaub nicht alles, was man dir schmeichelt."

Der Fuchs und der Mäusebussard (Reimform)

Ein Bussard flog auf die Jagd und hatte Glück,
er kam mit einer dicken Maus zurück.
Im Wald auf einer Waldschneise
auf einen Baum wollte er die Maus verspeisen.
Darunter saß ein Fuchs,
der hatte Augen wie ein Lux.
Im Schnabel des Bussards sah er die Maus,
er dachte, ich möchte diesen fetten Schmaus.
Ich kann's ja mal versuchen,
denn die Maus schmeckt wie Zuckerkuchen.
Da rief der Fuchs zum Bussard gar nicht leise,
neben dir das sitzt eine Meise.
Sie sing für dich ihre Lieblingsmelodie,
solche Melodie kannst du im Leben nie.
Ich glaube, du kannst das nicht so pfeifen
und da konnte der Fuchs die Maus schon greifen.
Drum lief er mit der Maue gleich weck
im Wald zu einem anderen Fleck.
Der Bussard, dem war's verdrießlich,
denn er wollte die Maus nun schließlich.
Drum glaube nicht, was einer schmeicheln sagt,
auch wenn er noch so klagt.

Die kluge Meise und der Fuchs

Der Fuchs war auf Streife, um sich etwas zu Fressen zu besorgen. Da stand er unter einem Baum im Wald. Auf dem Baum hatte eine Blaumeise ihr Nest. Das sah der Fuchs und rief hoch zu der Blaumeise: Sofort gibt's du mir deine Jungen zum Fressen. Doch die Blaumeise pfiff den Fuchs eins. Da fragte der Fuchs nochmals nach und die Meise zwitscherte zu dem Fuchs herunter: „Ich werde dir etwas zum Fressen besorgen, du musst mir nur folgen! Da flog die Meise vorneweg und der Fuchs lief hinterher. Auf dem Waldweg ging ein hübsches Mädchen, sie hatte ein Korb, in dem war frischer Pflaumenkuchen. Nun flog die Meise vor den Mädchen auf den Waldweg und tat so, dass sie nicht mehr fliegen kann. Da stellte das Mädchen den Korb hin und ging zu der Meise. Sie hob sie auf und streichelte sie. In diesem Moment lief der Fuchs zu dem Korb und holte sich den herzhaften Pflaumenkuchen. Das bemerkte das Mädchen und die Meise flog wieder weg. So hatte die Meise dem Fuchs eine leckere Mahlzeit beschafft und ihre Kinder gerettet. Am nächsten Tag war der Fuchs wieder da und wollte wiederum die Jungvögel der Meise fressen.

Doch da sah vom weiten der Jäger den Fuchs. Er jagte ein Dackel auf den Fuchs und dieser biss den Fuchs in seinen Allerwertesten. Dann machte sich der Fuchs aus dem Staub und wurde nie mehr am Nest der Blaumeise gesehen.

Der Fuchs und die Katze

Im Wald traf eine Katze den Fuchs. Die Katze dachte, der Fuchs ist gescheit und wollte von ihm erfahren, wie es um die Welt steht. Doch der Fuchs ließ die Katze abblitzen und antwortete etwas Lapidares. Er beschimpfte die Katze als Hungerleider und Mäusefänger. Sie sei doch nur ein Bartputzer. „Was kommt dir eigentlich in den Sinn, mich zu fragen?", sagte der Fuchs. „Du kannst doch viele Künste", antwortete die Katze. „Was für eine

Kunst meinst du?", fragte der Fuchs. „Na die, wie man Gänse und Enten fängt", antwortete die Katze. „Hast du auch eine Kunst", wollte der Fuchs wissen. „Ja, wenn ein Hund kommt, dann springe ich sofort auf ein Baum und warte bis er weg ist" Da lachte der Fuchs. Plötzlich kam ein Hund und die Katze sprang auf den Baum, doch der Fuchs sah den Hund nicht. So packte der Hund den Fuchs uns schüttelte ihn, weiterhin biss er ihn ins Bein. Der Fuchs konnte nicht mehr laufen und es kam ein Jäger und steckte den Fuchs in einen Sack und band diese zu. Nun war der Fuchs gefangen. Da rief die Katze. „Du Fuchs kannst doch nicht so viele Künste, wie ich dachte, jetzt ist es um deinen Leben geschehen." Nach Hochmut kommt immer der Fall.

Das Füchslein

Es war ein Fuchswelpen. Der wurde von allen Tieren im Wald der Kümmerling genannt. Sie hatten sich den Namen ausgedacht und er wurde von allen Waldtieren gehänselt. Er bemühte sich redlich, doch was er machte war nicht richtig. Weil er nicht so schnell laufen konnte, erhielt er meisten Spott.

Eines Tages wanderte er durch den Wald und traf eine Gruppe Tiere. Kümmerlich konnte nicht erkennen, welche Tiere es waren. Da rief ihn eine Eule und bat ihn um Hilfe. Sie fragte ihn, ob er ihr Jungvogel retten könne. Es war aus dem Nest gefallen und in ein tiefes Loch. Es kommt nicht mehr daraus. Kümmerling war sehr erstaunt, weil so etwas ihn noch kein anderes Tier gefragt hatte. „Natürlich hole ich es aus dem Loch", rief er zu der Eule. Dann fing er an mit seinen kurzen Beinen an zu buddeln. Es dauerte nicht lange und er hatte die kleine Eule befreit. Das sprach sich im Wald herum und seitdem wird der kleine Fuchs Kümmerling unter den Tieren im Wald anerkannt.

Der Troll und der Fuchs

Über die Wiese läuft ein Fuchs. Das sieh ein Troll. Der Fuchs will Mäuse fangen. Das will der Troll verhindern. Er ruft den Fuchs und möchte mit ihm spielen. Der Fuchs lässt sich darauf ein und sie spielen eine Art Golf. Sie versuchen, kleine Erdkugeln in Mauselöcher zu rollen. Das macht beiden Spaß. Doch mit der Zeit bekommt der Fuchs Hunger. Da fängt er sich eine Maus und der Troll will die Maus retten. Da fangen beide an zu zanken. Plötzlich schnappt sich der Fuchs den Troll. Er packt diesen mit seiner Schnauzte und schleudert ihn durch die Luft. Nun kommen noch mehr Trolle und beschützen ihren Freund. Sie verjagen den Fuchs und dieser zieht sich zurück in seinen Bau. Dort wartet bis vor dem Bau Ruhe ist und läuft dann wieder raus. Doch die Trolle passen auf. Sie schmeißen mit Dreck nach dem Fuchs. Der läuft zu seinem Freund, den Bären und beide helfen sich. Sie wollen die Trolle verjagen. Denn sie machen ihnen das Leben immer schwer. Sie wollen nur immer spielen. Doch die Trolle gehen nicht weg. Der Wald und die Wiese sind ihr Revier. Darum müssen alle miteinander auskommen. Der Fuchs und der Bär wollen angeln gehen, da helfen ihnen die Trolle und bringen Regenwürmer. So vertragen sich die Trolle wieder mit dem Fuchs und den Bären. Ende gut, alles gut.

Der Fuchs und das Pferd

Ein Bauer, das und konnte keine Dienste mehr für den Bauern leisten. „Ich will dich aber nicht schlachten. Zu Fressen habe ich auch nichts mehr", dachte der Bauer. Drum jagte er das Pferd aus dem Stall auf eine große Wiese. Das Pferd ging traurig in einen Wald. Den Kopf nach unten und ging herum. Da traf das Pferd einen Fuchs und dem redete sie ihm ihre Seele vom Leibe. Der Fuchs hörte aufmerksam zu. Er tröstete das Pferd. Dann sprach er: „Ich habe einen Freund, der ist beim Zirkus. Das ist der Löwe aus diesem Zirkus. Dieser weiß bestimmt Rat." Doch der Fuchs war hinterlistig, er wollte, dass der Löwe das Pferd frisst. Und so gingen sie zum Zirkus zu dem Löwen. Der Löwe freute sich über solch schönes Fressen. Er sprach gute Worte zu dem Pferd. Da kam der Direktor von dem Zirkus und sah das Pferd. Da ihm ein anderes Pferd im Zirkus gestorben war, brauchte er Ersatz dafür. Er nahm das Pferd und brachte es zu den anderen Pferden. Dort bekam es erst einmal gutes Fressen. Am Nachmittag musste es mit in die Manege und das Pferd lernte schnell. Es konnte nach drei Tagen viele Sachen machen, was die anderen Pferde machten. So wurde aus dem alten treuen Pferd, ein Zirkuspferd. Der Fuchs aber ärgerte sich und der Löwe auch, so verhalf der Fuchs dem Pferd wieder zu ein schöneres Leben. Es lebte noch etliche Jahre im Zirkus, bis es starb.

Die fünf Prinzessinnen

In alten Zeiten, wo Magie und Fantasie sich erblickten, lebte ein Mädchen, das Dojani hieß. Es lebte hinter den 9 verwunschenen Wäldern in einem prunkvollen goldenen Schloss. Ihre Mutter, die Königin, war eine Zauberin und ihr Vater, der König, musste viel auf Reisen gehen und schauen, dass alles in seinem Königreich lief. Wenn er fort war, brauchte sie nur in ihren Spiegel zu schauen und wusste, wo er war und was er tat. Dojani hatte noch vier Schwestern Evelyn, Shirin, Danielle und Fareena. Jedes der Mädchen hatte eine magische Gabe. Evelyn konnte in die Zukunft schauen und war so begabt darin, dass jeder aus dem Königreich zu ihr kam, wenn sie etwas mehr erfahren wollten, was passieren könnte. Shirin konnte in brenzlichen Situationen die Zeit anhalten. Daniele und Fareena besaßen die Gabe, dass sie mit den Tieren sprechen konnten und zauberhaft singen konnten. Nur die jüngste von allen Dojani wusste noch nicht, was sie konnte und das machte sie sehr traurig. Sie hatte viele Ideen und Spielzeug, doch sie sprach schon seit einem halben Jahr nicht mehr. Früher war sie ein lebendiges Mädchen, das viel wissen wollte, deshalb machte es ihre Elten sehr traurig und ihr Vater rief seine Töchter zu sich. „Danielle, Evelyn, Shirin und Fareena wir müssen aufbrechen und etwas finden, das eure Schwester zum Reden bringen könnte." „Wie sollten wir das machen und an welchen Ort müssten wir gehen, Vater fragte Evelyn." Der Vater antwortete: „Wir sollten in die verwunschenen Wälder aufbrechen und sollten mit dem Druiden Zarissa vom magischem Labyrinth sprechen, er hätte sicher eine gute Idee, die uns zur Hexe Ariadne führen könnte. „Wer ist Ariadne und wäre es nicht gefährlich?" Alle schauten sich verwundert an. „Shirin würdest du für uns schauen, was sie für uns tun könnte, fragten ihre Schwestern?" Klar Shirin holte tief Luft und sah sich mit ihren Schwestern in einem den verwunschenen Wäldern. Sie wird uns helfen, denn sie hat Zugriff auf alle Träume in der Welt und sollte uns dort hinlenken, wo nach sich unsere Schwester Dojani sehnt. Als die Königin von dem Vorhaben, des Vaters hörte, wollte sie ihre Töchter nicht gehen lassen, doch dann sah sie Dojani so traurig wie nie zu vor. Sie saß auf einem Stuhl und starrte in die Luft und ihr Blick war sehr ernst wie es nie gewesen war. Also gab sie sich einen Ruck und ließ ihren Mann mit den Töchtern ziehen, aber ich schaue in den Spiegel und gebe euch Schutz. So kam es wie es kommen musste und sie sattelten die Pferde, verabschiedeten sich und ritten in den Tag hinein. Ein kalter Wind blies ihnen ins Gesicht und unter den Hufen der Pferde knackten die Zweige. Jedes Mal lief ihnen ein kalter Schauer über den Rücken. Sie ritten den halben Tag und kamen beim ersten verwunschenem Wald an. Bis auf den König war noch keiner an diesem Ort und die Töchter fürchteten sich. „Ihr braucht keine Angst zu haben, es ist, etwas gruselig hier, aber ich bin bei euch" sprach er zu seinen Töchtern. Sie rafften sich auf, doch plötzlich sahen sie hinter einem Baum ein kleines Wesen, das vor sich hin sang und die Bäume hatten Gesichter. Die Bäume schauten sich an und waren skeptisch, sie raunten, was wollt ihr hier in unserem Wald? Bevor sie antworten konnten, zog ein heftiger Windstoß durch ihre Haare und das kleine Wesen schaute vorsichtig hinter dem Baum und kam auf sie zu. „Wer bist denn du, sprachen alle durcheinander?" „Ich bin Gnox der Kobold doch viel wichtiger wer seid ihr?" Danielle war die mutigste und sprach,"Wir kommen aus dem Königreich hinter den 9 verwunschenen Wäldern und suchen die Hexe Ariadne, denn unsere Schwester Dojani spricht nicht mehr, würdest du uns sagen, wo wir hin müssten, Gnox? Er zögerte kurz, fuhr sich durch sein tief rotes Haar und sprach mit leiser Stimme: „Es wird nicht leicht. Als Erstes müsst ihr zu Zarissa dem Druiden, er wird euch eine Aufgabe geben, die es in sich hat. Aber ich gebe euch den goldenen Ring, den sollte Danielle tragen wegen ihres Mutes und wenn es brenzlich wird, stehe ich sofort bei euch und gebe den nächsten Rat. Nun sputet euch, Zarissa wird nicht ewig auf euch warten. Wartet noch, nehmt meine 4 Greifen, keine Sorge sie sind sehr gehorsam und sollten wissen, wie ihr zu ihm kommt. Er pfiff zweimal auf einer Pfeife und vier prächtige große Greifen landeten mit etwas Abstand neben uns. Daniel und Fareena schauten sich an. Sie hatten etwas Angst, aber sprachen leise zu Gnox, „wie die Greifen hießen"? Gnox antwortete schnell, „Thala, Rai, Pekka und der Leitgreif ist Lobo. Jetzt aber hurtig sie gingen auf die Greifen zu „Lobo wäre es machbar, dass ihr uns zu Zarissa dem Druiden bringen könntet?" sprach Fareena. Gnox staunte nicht schlecht und Lobo antwortete „klar steigt alle auf und wir hoben ab in die Lüfte. Hoch oben am Himmel treffen wir uns" sprach Lobo noch schnell zu Thala, Rai und Pekka. Danielle steckte noch schnell den goldenen Ring an ihren Finger und rief: „Kommt rauf auf die Greifen" sie nahm Pekka, schwang sich rauf und streichelte ihn an der Seite. Alle anderen taten es ihr nach und mit einem kräftigen Schwung hoben die Greifen ab und trafen sich oben im Himmel und Lobo wies den anderen Greifen den Weg. Der Wind sauste ihnen durchs Haar und zwischendurch bückten sie sich und zogen die Köpfe ein, um nicht von den Ästen der Bäume getroffen zu werden. „Puh, das war knapp", sagte Evelyn, sie wäre fast von einem Ast getroffen worden und vom Greifen gefallen. Nach mehreren Stunden sahen sie von weitem eine kleine Holzhütte mit schrägen Brettern und einem kleinen Weg dicht gedrängt von Büschen. „Hey Lobo ist das die Hütte von Zarissa?", fragte Fareena, „Nein hier wäre die erste Pause", sagte Lobo" so lange zu fliegen hält doch kein Greif aus. Die anderen lachten und spotteten „na du nicht, aber wir schon", sagten alle im Chor. Lobo schaute sie mit ernster Miene an. Macht, wie ihr meint, dachte wir könnten etwas zu trinken vertragen und meinen alten Freund Abas den Zantaur besuchen? „Den Zentaur?" Fragte Danielle schnell und schaute Lobo mit großen Augen an. Lobo räusperte sich kurz „Ja genau den er wohnte schon immer in seiner schiefen Hütte. Schnell schwangen sich alle von den Greifen und die Greifen gingen vor zu Abas Hütte. Alle folgten ihnen leise und plötzlich knackte hinter ihnen etwas. Alle erschreckten sich und drehten sich um. Vor ihnen stand Abas und lachte, „Was erschreckt ihr denn so ich bin doch nur vom Pilze suchen gekommen, welch eine Überraschung, Lobo, wie lang ist es her, dass wir uns sahen?" Lobo blickte etwas in der Gegend herum, „Das schon ein Weilchen könntest du was zu trinken ausgeben?" Ja klar kommt, nur rein, Platz ist in der kleinsten Hütte. Schnell sortierte er ein Paar Schälchen für die Greifen und Becher für alle anderen und schenkte ein, ich hoffe, das tut euch gut. Ein Seufzen ging durch den Raum und er konnte spüren wie gut es allen tat. Nur wohin des Weges und ging bis jetzt alles gut und wer sind deine Gäste? „Ja alles bestens ich Schussel er schaute sich um, es sind Danielle, Evelyn, Shirin, Fareena und der König aus dem Königreich hinter den 9 verwunschenen Wäldern. Wie konnte ich das nur vergessen, sie vorzustellen. „Der König" er verneigte sich und blickte verlegen. „Du brauchst nicht zu verlegen schauen", sprach der König, ich bin auch nur ein Mensch. Lobo schaute sich um, lange haben wir nicht mehr, wir sollten gleich los. Abas schaute traurig, aber gute Reise, schnell brachen sie auf. Alle gingen aus der Hütte und warteten auf Ihre Greifen und mit einem Schwung rauf und in die Lüfte. Oben am Himmel kreisten die Greifen kurz und dann ging es in den anderen Wald zu Zarissa. Es war sehr kalt und alle wärmten sich an ihrem Greif. Die Dunkelheit brach ein und sie flogen noch eine ganze Weile bis aus der Ferne hohe Hecken zu sehen waren. Die Greifen landeten auf einer Lichtung und Lobo sprach„„ Ich konnte euch nicht weiter bringen, geht noch ein Stück zu dem größten Baum und dort wird meine Freundin Viviane sein, sagt ihr, ihr kommt von mir und sie wird euch zu Zarissa bringen. Die Greifen senkten ihre Flügel und warteten auf die Rückkehr von allen. Danielle atmete kurz auf und gemeinsam suchten sie den größten Baum und plötzlich schauten sie und sahen etwas Helles und ein weißes Einhorn kreuzte ihren Weg und sie waren von seiner Schönheit geblendet, einfach magisch. Schnell riefen Fareena und Danielle dem Einhorn zu, „bist du Viviane"? Sie kam ein Stück näher und fragte: „Woher kennt ihr meinen Namen?" Und senkte neugierig den Kopf. Fareena antwortete; „dein Freund Lobo, sagte, du würdest uns helfen und uns zu Zarissa dem Druiden bringen?" Oh der Lobo den sah ich schon lang nicht mehr, aber ich schulde ihm noch was und machte sich langsam auf den Weg. Sie gingen durch einen schmalen Gang, an den Seiten waren Dornen und sie mussten sehr vorsichtig sein. Plötzlich ein schriller Aufschrei, Shirin hatte sich an den Dornen verletzt und blutete etwas. Schnell kam Viviane zur Hilfe, „Wir sind gleich da, Zarissa wird dir helfen." Shirin schaute kurz und ging weiter, der Weg wurde immer schmaler und am Ende standen sie vor dem Eingang zum Labyrinth und Viviane lief zu Zarissa dem Druiden. Zarissa schaute vorsichtig in die unbekannten Gesichter und sah Shirins Verletzung. Er kam näher, strich sanft über ihren Arm und ihr stockte der Atem. Und sagte leise, das ist kein Problem und ging schnell zu seinem Haus in den Bäumen und kam mit einer Tinktur zurück. Diese strich er auf den Arm und sagte, „das muss nur paar mal angewendet werden und dann geht es dir wieder gut meine hübsche." Shirin fühlte sich geschmeichelt und lächelte ihn an. Ihrem Vater gefiel es nicht, aber er wollte immer, dass seine Töchter glücklich waren. Nun zu eurer

Aufgabe ihr müsst im magischem Labyrinth 6 Kräuter finden und bewacht werden diese von 6 Geistern sagte er aber ihr solltet es schaffen. Denn nur so könnte ich den Zaubertrank brauen und ihr bekommt den neuen Weg zur Hexe Ariadne durch meinen Freund, den Wassermann, der den Trank brauchte, für seine Tochter Annabelle, damit wieder gesund wird.

Das Glückskleefeld

Im Märchenwald, dort wo die große, bunte Blumenwiese liegt, lebt in einer Hütte der Zwerg Vierblatt. Er ist Hüter eines kleinen Glückskleefeldes auf diesem herrlichen Fleckchen und pflegt und hegt diese Stelle, denn hier wachsen vier-, fünf- und sechs blättrige Kleeblätter. Sogar ein sieben blättriges hat man schon gefunden.

Die Zwerge, die unweit der Blumenwiese leben, kommen fast täglich vorbei, um nach den begehrten Blättlein zu suchen. Findet jemand ein vierblättriges Kleeblatt, so hat er an diesem Tag noch Glück. Ein fünfblättriges erfüllt einen Wunsch. Je mehr Blätter der Klee hat, desto wertvoller ist er in den Augen des Suchenden.

Der kleine Mann legt sich an diesem Abend sehr früh schlafen, denn er will am nächsten Tag den Boden des Kleefeldes auflockern. Dazu möchte er ausgeruht sein. Kurz lauscht er noch, da er durchs offene Fenster glaubt, merkwürdiges Gebrabbel und kleine, flinke Füße zu hören. Doch schon bald ist es wieder ruhig, nur die Äste in den Bäumen rauschen und begleiten ihn in einen tiefen und festen Schlaf.

Um Mitternacht kommen einige Rehe und fressen den gesamten Glücksklee vom Feld. Nicht ein Hälmchen ist mehr übrig.

Als Vierblatt die Bescherung am nächsten Morgen erblickt und die Hufspuren der Rehe erkennt, ist er außer sich. Er schimpft lauthals: „Ihr Nichtsnutze! Ihr habt nicht nur alles aufgefressen. Nein! In eurer Dreistigkeit habt ihr auch noch alles zertrampelt!"

Vierblatt setzt sich verzweifelt auf die kleine Bank vor seinem Häuschen, verschränkt die Arme vor der Brust und grummelt vor sich hin: „Wie kann es nur möglich sein, dass die Rehe plötzlich so bösartig sind? Schließlich nützt der Klee ihnen doch eigentlich nichts. Außer, dass sie einen vollen Bauch haben, passiert da überhaupt gar nichts! Oder vielleicht doch?" Es bleibt ihm nur übrig, die Rehe zu suchen, dann wird er schon weitersehen. Nach gar nicht langer Zeit findet er sie in eigenartiger und höchst unbequemer Stellung hockend unter der großen Linde.

„Was ist denn das nun wieder?", staunt Vierblatt und stupst einige von ihnen an. Doch sie starrten unverwandt durch ihn hindurch, ohne auch nur mit der Wimper zu zucken. Das reizt den Zwerg noch mehr und er schreit: „Warum habt ihr mein Kleefeld auf der großen Blumenwiese abgefressen? Jetzt dauert es bis zum nächsten Jahr, ehe dort wieder Glücksklee wächst. Ein Jahr lang wird es keine Wünsche geben und Glück schon dreimal nicht. Das ist ganz allein eure Schuld!"

Doch die Rehe reagieren nicht, als wären sie taub und blind.

Vierblatt ist verwirrt und kommt zu dem Schluss: „Hier geht es nicht mit rechten Dingen zu. Irgendjemand hat die Rehe vergiftet oder verhext. Aber wer? Wer kann ein Interesse daran haben, dass mein Glücksklee futsch ist? ... Natürlich! Wieso bin ich nicht gleich darauf gekommen? Das kann nur das Werk des Zauberers Dreikater sein. Das kriegt er zurück, das schwör ich ihm!", schnaubt Vierblatt und macht sich auf den Weg zu seinem Freund, der immer einen guten Rat weiß.

Der Zauberer Dreikater ist ein ganz gemeiner Schuft. Er hat auf der anderen Seite des Märchenwaldes auch ein Kleefeld, lässt aber keinen Menschen, auch keinen Zwerg, darauf nach Glück suchen. Die Kleeblätter, die er züchtet, verkauft er auf dem Bauernmarkt und lässt sie sich überteuert bezahlen. Dass die Kleeblätter kein Glück bringen, wenn man sie kauft – wer weiß das schon!

Bei seinem Freund Doktor Pille angekommen, erzählt er bei einer Tasse Brombeertee von dem Vorfall. Beide überlegen angestrengt. Vierblatt denkt laut vor sich hin: „Zuerst einmal müssen wir die armen Rehe wieder zum Leben erwecken. Aber wie?"

„Wir müssen vom Kleefeld des bösen Zauberers reine Blätter holen und diese den Rehen zu fressen geben. Dazu brauchen wir nur ein paar, damit sie aus der Starre erwachen. Dann werden wir sie zum Feld von Dreikater führen und alles ratzekahl abfressen lassen. So werden sie wieder gesund. Zur Sicherheit werde ich aber noch mit meinem eigenen Mittelchen nachhelfen", spricht der Doktor grinsend, schließlich will er seine kleinen Geheimnisse niemandem preisgeben, auch nicht seinem besten Freund.

„Aber wie stellen wir das an?", fragt Vierblatt. „Das Feld wird von einem wilden und bösartigen Bär bewacht, der durch einen Zauber dem bösen Dreikater hörig ist wie ein Hündchen."

„Ich weiß! Doch dazu habe ich auch schon eine Idee", antwortet Doktor Pille. „Pass auf! Honig fressen alle Bären gern. In der alten, knorrigen Eiche neben deinem Häuschen wohnt doch seit einigen Jahren ein Bienenvolk, das von deinem Feld den Blütenstaub sammelt. Wenn Dreikater dein Feld verhext hat, geben uns die Bienen den Honig gern, da sie ihn im Winter nicht fressen können. Sie würden sich ja selbst vernichten. Den Honig aber geben wir dem Bären. Dann verfällt er in die gleiche Starre wie die Rehe und wir haben freie Hand."

Gesagt, getan! Die Bienen geben den beiden Zwergen die für sie wertlos gewordenen Honigwaben. Damit machen sich die beiden kleinen Männer auf den Weg zum Kleefeld von Dreikater. Vorsichtig hängen sie die Waben in einen Baum am Rande des Feldes und verstecken sich. Der Bär hat bald den Honig erschnüffelt und kommt dem Baum mit den Waben in seinen Ästen immer näher. Vor lauter Fresslust und Gier tropft ihm Speichel aus dem Maul und schon schmatzt er los. Für Honig würde er sterben! Welch köstlicher Schmaus! Es dauert nicht lange und der Zauber wirkt. Der Bär erstarrt und schaut genauso blicklos drein wie die Rehe unter der Linde.

Flink suchen Vierblatt und sein Freund nach den begehrten Pflänzchen und als der mitgebrachte kleine Sack gefüllt ist, machen sie sich auf den Rückweg.

Doktor Pille zerreibt die Blätter, rührt sein Pülverchen darunter, hält jedem Reh den Brei zum Schnuppern unter die Nase und der eingeatmete Duft lässt die Starre von ihnen weichen. Endlich stehen alle wieder auf ihren Beinen, ohne Schaden genommen zu haben. Doch sie sind noch benommen, willenlos und hörig. Doktor Pille gibt den Rehen ein Zeichen, dass sie ihm folgen sollen. So führt er die Tiere wie eine Schafherde zum Kleefeld von Dreikater. Wiederum setzt er sein gelbes Mittelchen ein, indem er es über das gesamte Feld pustet. Nun befiehlt Pille den Rehen, das gesamte Grün abzugrasen, was recht schnell vonstattengeht.

Das bleibt dem Zauberer nicht verborgen. Mit vor Wut hochrotem Kopf stapft er aus seiner Höhle heraus und kreischt nach dem Bären. Doch dieser kann seinen Herrn nicht hören.

Die Rehe und die beiden Freunde hasten in alle Richtungen davon. Dreikater stapft zurück in die Höhle und schlägt sein dickes Zauberbuch auf. Schnell findet er den gewünschten Gegenzauber und der Bär kann sich wieder bewegen. Sogleich steigt ihm der wunderbare Duft des Honigs erneut in die Nase. Schon patscht er nach einer Wabe, stopft sie in sich hinein und wie beim ersten Mal verfällt er dem gleichen Zauber.

„Der Kerl ist doch aber auch zu nichts zu gebrauchen!", schimpft Dreikater und entdeckt die Honigwaben im Baum. Er sammelt sie ein und riecht an einer. „Doch nicht so dumm, wie ich dachte", murrt er vor sich hin. „Hat Vierblatt doch herausbekommen, dass ich seinen Klee mit Zauberpulver verhext habe. Aber dass mein Klee gesund macht, habe ich noch nicht gewusst." Dabei dachte er an die davon stiebenden Rehe. "Schön und gut! Trotzdem muss auch er bis zum nächsten Jahr warten."

Mürrisch schaut er auf sein eigenes abgegrastes Glückskleefeld. Nun murmelt er ein paar Worte und tippt mit dem Zeigefinger dreimal auf die Stirn des Bären. Völlig verwirrt hebt das Tier die Pranke, versetzt Dreikater einen tödlichen Schlag und frisst wiederum an den herumliegenden Waben. Dreikater kann nun niemandem mehr schaden oder jemanden übers Ohr hauen. Doktor Pille wird dem Bären jedoch erst im nächsten Jahr helfen können und sicher aus ihm ein friedliches Tier machen.

Im kommenden Jahr kann jeder, ob Mensch oder Zwerg, sogar auf beiden Feldern Kleeblätter suchen und Glück erhaschen. Und der Doktor hat bei all dem ein ganz neues und sehr besonderes Heilmittel erfunden.

Das Hühnchen und der Fuchs

In einer kleinen Höhle wohnte ein Fuchs. Man nannte ihn den Brauen. Eines Tages ging der Braune auf die Pirsch und traf dort ein Hühnchen. Da sprach der Fuchs: „Ich wollte dich Hühnchen einmal zu mir in die Fuchshöhle in den Wald einladen." Das Hühnchen überlegte nicht lange und sagte zu. Der Braune freute sich und lief zurück in seine Höhle. Dann rieb er seine Pfoten und dachte: „Morgen fresse ich das Hühnchen."

Am nächsten Tage machte sich das Hühnchen auf den Weg in den Wald und traf unterwegs eine Katze. Das Hühnchen fuhr in einer kleinen Kutsche, gezogen von acht Mäusen. Die Katze wollte auch gerne mit der Kutsche fahren und das Hühnchen nahm die Katze mit. So fuhren sie weiter durch den Wald und trafen eine Ente, auch die wollte gerne mitfahren. Da sagte das Hühnchen: „Komm mit, steig ein." Langsam wurde es eng in der Kutsche. Dann holte das Hühnchen noch ein Stein und fand noch eine Nähnadel, auch das alles nahm das Hühnchen mit. So fuhren sie zu der Höhle des Fuchses. Das Hühnchen klopfte an die Tür der Fuchshöhle. Doch niemand machte auf. Der Fuchs war in den Wald gegangen und sammelte Reisig für seinen Ofen. „Wer wohnt in diesem Haus?", fragte die Katze. Das Hühnchen antwortete: „Der Fuchs! Er hat mich eingeladen und wir sind heute seine Gäste." Da fiel plötzlich der Stein aus der Kutsche und die Katze miaute und die Ente schnatterte: „Wir wollen nicht seine Gäste sein, er will und bestimmt fressen. Doch du brachst keine Angst zu haben wir helfen dir, das der Fuchs uns nicht frisst." Die Tiere öffneten die Tür zum Fuchsbau und versteckten sich in der Höhle. Da kam der Fuchs und sah das Hühnchen und sagte: "Ich mache Feuer im Ofen, damit ich dich kochen kann und dann fressen. Da schaute das Hühnchen nicht schlecht. Doch der Fuchs hatte nicht mit den anderen Tieren gedacht. Die Katze nahm den Stein und schmiss damit diesen den Fuchs auf den Kopf und die Ente nahm die Nadel und steckte diese den Fuchs in den Hintern. Da fing der Braune an zu jaulen und lief aus der Höhle in den Wald. Er versteckte sich. Das Hühnchen, die Katze und die Ente aber gingen aus der Fuchshöhle und fuhren zurück zum Hühnerhof. Als der Fuchs abends nach Hause kam, ging er nicht in die Höhle. Er dachte die Höhle sei verhext und schlief unter einem Baum. Am nächsten Tag lief er in den Wald, weit weg von seiner Fuchshöhle und fing an eine neue Höhle zu bauen. Das Hühnchen, die Katze und das Entchen aber legten weiter auf den Hühnerhof und freuten sich des Lebens.

Der Kranich und die Krähe

Ein Fischer hatte ein Kranich gefangen. Dieser musste für den Fischer Dienste halten und dafür bekam der Vogel Futter. Eines Tages hatte der Kranich sehr viele Fische gefangen und er legte sie am Strand nieder. Da kam eine Krähe vorbei, sie hatte damals noch ein ganz weißes Gefieder. Der Kranich gab der Krähe ein paar Fische. Der Kranich wollte die Fische kochen, doch die Krähe hatte Hunger und so stürzte sie sich auf die rohen Fische. Sie fraß ein paar Fische und plötzlich wurde das Gefieder der Krähe schwarz. Da staunte der Kranich und auch die Krähe. Die Krähe sah jetzt Pech schwarz aus. Seit diesem Tage sahen alle Nachkommen der Krähe nicht mehr weiß aus, sondern schwarz.

Auch der Fischer hatte solch einen Vogel noch nie gesehen. Der Fischer fing die Krähe und brachte ihr viele Kunststücke bei. Nun hatte der Fischer zwei Vögel, den Kranich und die Krähe.

Der Bauer, die Tiere und der Räuber

Drei Tiere hatte ein alter Bauer. Eine Katze, einen Ochsen und einen Hahn. Der Knecht und der alte Bauer saßen beim Abendbrot. Da sagte der Bauer zu dem Knecht: "Du musst morgen die Katze töten." Am anderen Morgen jagte der Knecht die Katze weg. Er schlug sie mit einer Peitsche, sodass die Katze sich aus dem Staube machte. Der Knecht konnte die Katze nicht töten. Er war froh, dass sie weg war.

Am folgenden Abend bekam der Knecht von dem Bauer, den Auftrag den Hahn den Kopf abzuhacken. Auch das konnte der Knecht nicht und so verjagte er auch diesen. Am dritten Tag war der Ochse dran, auch den sollte der Knecht töten. Er verjagte den Ochsen und dieser lief in den Wald. Dort trafen sich die Katze, der Hahn und der Ochse. Alle drei beratschlagten, was sie nun machen sollen. Sie wanderten um die Bäume im Wald drum herum. Da kam ihnen ein Wolf entgegen. Den fragten sie, was er jetzt grade macht. Der Wolf antwortete: „Ich bin auf der Suche nach Futter und suche ein Lämmchen zum Fressen. Dort hinten ist ein Bauernhof, da ist bestimmt ein Lämmchen zu holen und darum werde ich mich dort hinschleichen." „Dort darfst du nicht hin, wir kommen von dort und sollten getötet werden", sprach der Hahn. Der Wolf hörte das und sagte: „Ich komme mit euch mit." So gingen der Wolf, der Hahn, die Katze und der Ochse im Wald weiter. Plötzlich kommt ihnen ein Bär entgegen. Auch der wollte zum Bauernhof, um dort Fressen zu holen. Den Bären überzeugten die anderen Tiere nicht zum Bauernhof zu gehen und so schloss sich der Bär den anderen Tieren an. Nun trafen die Fünf einen Hasen und der erzählte den Bären, den Wolf, den Hahn, die Katze und den Ochsen, dass er hier im Wald ein Räuberhaus kenne und dort gab es etwas zu fressen. So beschlossen die sechs Tiere dort hinzugehen. Als sie dort ankamen, war das Räuberhaus leer und so beschlossen sie dort einzuziehen. In der Räuberstube machten sie es sich gemütlich. Jeder suchte sich dort einen guten Platz. Plötzlich öffnete sich die Stubentür. Es kam der Räuberhauptmann, der wie ein Teufel aussah, hinein. Der Bär haute den aussehenden Teufel mit seiner Tatze, der Wolf biss ihn ins Bein, der Ochse stößt ihn mit seinen Hörnern, die Katze kratzt ihn mit ihren Krallen ins Gesicht. Der Hahn saß auf den Schrank und rief laut Kikeriki. Der Hase machte die Stubentür ganz weit auf. Der Räuber lief vor Schreck aus die Tür und ward nie mehr im Räuberhaus zu sehen.

So hatten die Tiere ein neues Heim und sie fühlten sich wohl. Auch fanden sie im Wald viel zum Fressen und lebten gut.

Den Bauern dagegen raubte der Räuber aus und zog auf den Bauernhof. So bekam jeder seine Strafe. Die Tiere dagegen hatte im Räuberhaus viel Freude und lebten zufrieden.

Dornröschen und die böse Fee

Es war einmal ein Märchen, das ging mir nicht aus dem Sinn. Es ist das Märchen von Dornröschen und der bösen Fee.

Dornröschen hatte ihren Erlöser geheiratet und mit ihm einen strammen Jungen bekommen. Doch das ärgerte die böse Fee. Sie wollte auch, dass der Junge 100 Jahre schläft und darum machte sie sich auf, den staatliche Jungen zu verhexen.

Sie sprach vor seinem Bett einen Hexenspruch und der Knabe fing an zu schlafen. Hinter der Tür stand aber die gute Fee und hörte den Spruch.

Als die böse Hexe fort war, neutralisierte sie den bösen Hexenspruch und der Junge war wieder normal und aufgeweckt. Dornröschen und ihr Mann bekamen davon nichts mit. Es war alles so wie es war.

Nach einiger Zeit bekam die böse Hexe das mit und sie ärgerte sich sehr. Sie will es in der nächsten Zeit noch einmal versuchen. Doch immer, wenn sie es versuchen wollte, kam etwas anderes dagegen, bis sie eines Tages vor Wut platzte.

Eine weiße Taube

In ein verlassenes Schloss kam ein Ritter. In den großen Rittersaal fand er köstliche Speisen und den besten Wein. Das ließ sich der Ritter gut schmecken. Als er fertig war und fast alles gegessen und getrunken hatte, kam eine Maus und sagte zu den Ritter: "Die Speisen und den Wein die du gegessen und getrunken hast, waren alle verzaubert. So soll der Ritter der Maus sieben Jahre dienen. Die Maus zeigte den Ritter seine Kammer, in der er schlafen konnte. Er dürfe nur in den großen Rittersaal und in seine Kammer sein und kein anderes Zimmer betreten, klärte ihn die Maus. Dann sagte die Maus weiter: „Ich bin ein verzauberter König und wenn du mich dienst und die Regel einhältst, dann werde ich von dem Zauber erlöst und du wirst ein sehr reicher Mann und kannst hier im Schloss wohnen. Du kommst hier aus dem Schloss nicht mehr heraus, wenn du es versuchst, dann wirst du auch eine Maus. Um das Essen und trinken brauchst du dir keine Sorgen zu machen, es steht täglich frisch zubereitet im großen Rittersaal auf dem Tisch." Nun war der Ritter sehr erschrocken und wollte fliehen. Doch als er ein anderes Zimmer betrat, kam der Zauberer und wollte ihn gleich in eine Maus verwandeln. Er lief schnell zurück und so blieb er ein Mensch. Nun machte der Ritter was die Maus gesagt hatte. Der Ritter blieb sieben Jahre standhaft und machte alles, was die Maus ihn aufgetragen hatte.

Die sieben Jahre waren vorbei, da kam die Maus wieder. Sie beauftragte den Ritter einen großen Holzscheiterhaufen auf den Hof zu errichten. Der Ritter tat wie befohlen und die Maus kletterte auf den Scheiterhaufen. Nun sollte der Ritter den Haufen anstecken. Der Ritter wollte es aber nicht, da er die Maus töten würde. Die Maus bestand aber darauf und so steckte der Ritter den Haufen an. Der Haufen brannte drei Tage bis aus ihm ein Haufen Asche wurde. Als die Asche kalt war, flog aus den Aschenhaufen eine weiße Taube heraus.

Plötzlich hörte der Ritter eine Stimme: „Ritter du hast mich gerettet ich fliege jetzt wieder in mein Königreich und verwandele mich in einen König. Dir gehört das Schloss und alle Reichtümer, die in dem Schloss sind. Der Zauberer ist weg und kannst dich im Schloss frei bewegen und alles nehmen. Ich danke dir, dass du sieben Jahre durchgehalten hast." So erhob sich die weiße Taube und flog in den wunderschönen Abendhimmel.

Das Glücksschwein

Bei einem Bäcker im Regal stehen zum Silvesterfest kleine rosa Glückschweine aus Marzipan. Die hat der Bäcker selbst gemacht. Plötzlich und unerwartet wurden die Schweinchen lebendig und trippelten auf der Verkaufstheke hin und her. Alle Schweine riefen: "Wer mich kauft, der hat das ganze nächste Glück!" Nur ein Schwein rief das nicht. Da kam ein Kunde und wollte ein Schweinchen kaufen. Doch sein Geld reichte nicht, es fehlten ein paar Cent. Da das Schweinchen das nicht gerufen hatte, etwas dünner als die anderen Schweinchen aus sah, verkaufte der Bäcker das Schweinchen den Kunden mit dem weinigerem Geld. Ein anderer Kunde kaufte gleich drei Schweinchen. Er wollte besonders viel Glück haben. Beide Kunden gingen aus der Bäckerei. Dabei fiel den Kunden mit den drei Schweinchen die Tüte mit diesen hin. Die Tüte ging kaputt und die Schweinchen fielen auf die Erde. Das sah ein Hund und schon hatte er die drei Schweinchen aus Marzipan aufgefressen.

Der Hund hatte Glück, aber der Kunde der viel Glück haben wollte, hatte Pech. Man muss immer auf das Glück aufpassen, dann kommt man gut durch das Leben.

Der kleine Zwerg

Es war einmal, auch so fängt heute das Märchen an.

Es war einmal ein klitze kleiner Zwerg. Er lebte am Rande des Märchenwaldes. Viele andere Zwerge konnten Klitzeklein nicht leiden. Sie trieben ihn immer vor sich her. Doch er war viel schlauer als die anderen Zwerge.

Eines Tages ging er in den Märchenwald und besuchte Schneewittchen, die grade am Saubermachen, des Zwergenhaus der sieben Zwergen war und sie erzählte ihm von der bösen Stiefmutter. Diese wollte das hübsche Mädchen töten, doch es gelang ihr leider nicht. Klitzeklein hörte sehr gespannt zu.

Da plötzlich kam eine große Ratte und wollte Klitzeklein fressen. Auf dem großen Baum, neben den Zwergenhaus, saß ein Mäusebußart. Dieser Vogel sah das und er stürzte sich auf die Ratte. Er holte sie sich zum Mittagsfressen. So rettete er den winzigen Zwerg. Nach dem Schreck verabschiedete sich der Kleine und ging wieder zurück in sein Haus am Rande des Märchenwaldes.

Der Igel und die Katze

Es war einmal ein Pferdestall, da lief auch eine Katze herum. Sie bekam von dem Besitzer des Stalles Essen und trinken. Er stellte neben der Eingangstür immer einen Napf voller Milch und einen Napf voll Futter hin. Um den Stall waren viele Bäume und der Wind hatte das ganze Laub herunter geweht, so das dieses auf der Erde lag. Vor dem Stall hatte auch ein Igel sein Revier. Der Igel und die Katze kannten sich und sie waren dicke Freunde. Beide fraßen aus einem Napf und ranken zusammen die Milch. Nun wurde es Winter und der Stallbesitzer und seine Reitfreunde räumten die Wege und die Wiese vom Laub auf. Nun hatte der Igel kein Laub mehr um sich ein Winterquartier zu bauen. Er wusste nicht wohin. Da kam die Katze und fragte den Igel: „Wo willst du den Winter verbringen?" „Ich weiß es noch nicht", bekam die Katze zur Antwort. „Ich helfe dir", sprach die Katze. Dann lief sie zu Jola, ein Mädchen, das dort immer reitet. Sie lief ihr um die Beine herum und das Mädchen kam mit. Die Katze lief zu dem Igel und Jola sah den Igel. Sie freute sich und nahm den Igel auf ihren Arm. Dann ging sie mit dem Igel zum Stallbesitzer und zeigte den Igel. Der freute sich auch und holte einen großen Karton. In den Karton tat er Stroh und setzte den Igel hinein. Er stellte den Karton mit dem Igel in den Pferdestall an eine warme Stelle. Dort konnte der Igel seinen Winterschlaf machen. So rettete die Katze den Igel vor den Tod. Freunde helfen sich.

Die Erbse

Aus lauter Freude, mithilfe einer winzigen Erbse seine ersehnte Braut gefunden zu haben, stellte der Prinz das kostbare Stück nach seiner Hochzeit in seinem Kunstkabinett aus.

Eines Tages schlich sich ein Räuber in den Königspalast. Er hatte es auf die Kunstsammlung und die Goldstücke des Prinzen abgesehen.

Zu seiner Verwunderung entdeckte der Dieb das winzige Stück zwischen all den wertvollen Schätzen.

Da er glaubte, dass es sich hier um etwas Besonderes handeln musste, nahm es der Räuber „Weg-ist-es" ebenfalls mit. Zurück in seiner Räuberhöhle, untersuchte er all seine geraubten Sachen. Als er die Erbse betrachtete, kam sie ihm unnütz vor. Sie war weder aus Gold noch aus Silber und ein Edelstein war sie schon gar nicht.

„Was soll ich damit?", dachte er. „Ich werde sie dem Bauern schenken."
Gedacht, getan. Neben seiner Räuberhöhle stand ein heruntergekommenes Bauernhaus. Der Bauer war arm, denn er musste sehr viele Abgaben an den König entrichten. Das übrige Geld reichte gerade für seine Mahlzeiten und um die Tiere zu versorgen. Das Gebäude zu flicken, konnte er sich nicht leisten. Ihm gab Räuber „Weg-ist-es" nun die Erbse.Der Bauer pflanzte den Samen in seinen Garten, wo er sogleich zu einer starken, mit schneeweißen Blüten bedeckten Pflanze heranwuchs. Davon hörte auch die Unwetterkönigin.

Sie musste die Pflanze unbedingt besitzen. Darum befahl sie dem Sturm, die Staude in ihr Königreich zu wehen.

Dieser machte sich sogleich auf den Weg. Dabei blies er so heftig, dass er das Dach des Bauernhauses mit sich riss

Doch die Erbsenpflanze blieb, wo sie war. Sie sah zwar sehr zerrupft aus, aber sie war so stark mit der Erde verwurzelt, dass sie keinen Zentimeter wich.

Die Sonne und der Regen hatten Mitleid mit ihr. So vertrieb die Sonne den Sturm und der Regen goss die Pflanze. Danach blühte sie noch schöner und wurde immer größer.

Die Kunde von der wunderschönen Erbsenpflanze erreichte auch den König. Auch er wollte sie unbedingt besitzen. Er fuhr zu dem armen Bauern. Dieser versprach dem König, dass er von dem Gewächs einen Samen bekommen sollte. Des Königs Kammerdiener solle nur im darauf folgenden Frühjahr kommen, um die Erbse für seinen königlichen Garten zu holen. So könne er sich dann im nächsten Frühsommer an den Blüten ergötzen.

Es wurde Sommer und aus den Blüten wurden kräftige Schoten. Der Bauer erntete sie und legte die Erbsen zum Trocknen aus, um sie im nächsten Jahr wieder in seinem Garten stecken zu können.

Auf dem Bauernhof liefen Hühner und Enten frei herum. Unter den Enten war ein solch „hässliches Entlein", dass der Bauer zu seiner Bäuerin sagte: „Dieses hässliche Tier werden wir schlachten und du machst uns morgen einen Entenbraten." Diese Worte drangen auch zu dem hässlichen Entlein durch, das sehr traurig wurde.

Als der Bauer am nächsten Morgen das Entlein fing und er mit ihm in die Scheune ging, wusste das Tierchen genau, dass es jetzt sterben würde.

Da entdeckte es in der Ecke der Scheune die zum Trocknen ausgelegten Erbsen. Plötzlich riss sich das Entlein los, flog auf und landete geradewegs mitten darin.

„Bevor ich geschlachtet werde, fresse ich schnell noch ein paar als Henkersmahlzeit!" Gedacht, getan. Aber was passierte da?

Als der Bauer bemerkte, dass eine Erbse nach der anderen im Schnabel der Ente verschwand, schimpfte er fürchterlich. Doch gleich darauf staunte er nicht schlecht.

Aus dem hässlichen Entlein wurde eine goldene Ente, an deren Federenden regenbogenfarbene Edelsteine schimmerten. Selbst der Schnabel war aus purem Gold. Nun wollte der Bauer das Tier nicht mehr schlachten. Er holte einen Käfig vom Boden der Scheune und sperrte es hinein. Doch, oh Schreck! Der Bauer traute seinen Augen nicht. Im Käfig verwandelte es sich in das hässliche Entlein zurück. Enttäuscht holte es der Mann aus dem Käfig heraus und im Nu erhielt der Vogel wieder seine Pracht.

Der Bauer ging zu seiner Frau und zeigte ihr das goldene Tier. „Wie ist das passiert? Wo hast du den Vogel her?", fragte sie erstaunt.
Da erzählte ihr Mann alles, was sich ereignet hatte. „Erzähle die Geschichte keinem, lieber Mann. Wir werden die Erbsen trocknen und im nächsten Jahr wiederum im Garten legen."

Dann ging die Bäuerin in die Scheune und holte die Erbsen ins Bauernhaus, wo sie im Schlafzimmer weiter trocknen sollten. Sie nahm aber noch drei von ihnen und fütterte damit eine andere Ente. Und siehe da, auch diese wurde golden.

Der Bauer nahm eine der Enten. Stolz brachte er sie zum König. Auch nahm er ihm eine Samenerbse mit. Doch von dem Zauber der Erbse sagte er nichts. Dieser wollte natürlich sofort die goldene Ente haben und gab dem Bauern dafür etliche Dukaten. Der Bauer ging mit dem Geld nach Hause und ließ seinen Bauernhof davon reparieren.

Im nächsten Jahr züchteten die Bauersleute wiederum Erbsen in ihrem Garten. Die Bäuerin gab abermals zwei Enten die Erbsen zu fressen. Auch dieses Mal verwandelten sie sich in goldene Enten. So wurde aus dem armen Bauer ein reicher Mann. Mit dem Erlös aus dem Verkauf der goldenen Tiere unterstützte er die armen Leute im Dorf und bekam großes Ansehen. Und wenn er nicht gestorben ist, dann züchtet er heute noch die Erbsen, die hässliche Enten in goldene Vögel verwandeln konnten.

Das Feuer

Auf der Erde gibt es nur einen Gott, den sind alle Menschen Untertan. Zur damaligen Zeit hatte man noch kein Feuer. Wenn die Sonne untergeht hatte man kein Licht. Auch warm war es nicht, so mussten die Menschen frieren. Man wusste aber das in der Hölle das Feuer loderte. Die Menschen wollte gern das Feuer aus der Hölle holen und darum machte sich ein starker Mann auf den Weg zur Hölle und wollte das Feuer holen. Alle Menschen die es schon einmal versucht haben, kamen ums Leben. Auch die Tiere versuchten sich daran. Auch da war es vergebens. Eines Tages lies sich eine Spinne an ihren Faden zur Hölle hinab und es gelang ihr wieder aus der Hölle unversehrt auf die Erde zu kommen. Sie hatte eine kleine Flamme mitgebracht. Durch den Geruch, den die Spinne aus der Hölle mitgebracht hatte, wurde ein kleiner Käfer aufmerksam. Er sah die kleine Flamme und entwendete sie. Dann ging er zu einen hochrangigen Menschen und brachte sie dieses. So hatten die Menschen das Feuer und es wurde besser auf der Erde. Die Spinne, als sie bemerkte, dass ihre Flamme weg war wurde ganz böse und fing an überall Spinnennetze zu weben, Darin fing sie Fliegen, kleine Käfer und noch anderes Getier darin. Das tut sie bis zum heutigen Tage. Es ist die Strafe für die Menschen und die Tiere.

Unglück und Glück

Es lebte einmal ein Bauer. Dieser besaß ein Pferd. Das Pferd lief den Bauer weg und es gelang ihn nicht das Pferd einzufangen. Die Nachbarn suchten auch nach dem Pferd und keiner fand es. Das war für den Bauern ein großes Unglück. Nach einigen Wochen kam das Pferd zurück und brachte noch drei andere Pferde mit. Das war für den Bauern ein großes Glück. Die anderen drei Pferde waren Wildpferde und waren sehr wertvoll. Leider ließen sich die Wildpferde nicht reiten. So geschah den Bauern ein großes Unglück. Der Sohn des Bauern wollte ein Wildpferd reiten und fiel vom Pferd. Er brach sich beide Beine und konnte auch später nicht mehr richtig gehen. Nun brach ein Krieg aus und alle jungen Menschen mussten zur Armee. Doch des Bauern Sohn brauchte nicht hin, weil er nicht richtig gehen konnte. Das war nun wieder Glück. So konnte er nach seinen Kräften den Bauern auf dem Bauernhof helfen.

So ist aus dem Unglück des Sohnes ein Glücksfall für den Bauer und dessen Sohn geworden. Die Wildpferde verkauften sie und bekamen sehr viel Geld dafür.

Der Bauer wurde reich und hatte für immer seinen Sohn zu Hause.

Die goldene Kugel des Froschkönigs

Vor langer, langer Zeit lebte ein König. Er und seine Königin hatten eine Enkelin, die Prinzessin Liebevoll. Liebevoll war ein aufgewecktes Mädchen und begann damals gerade mit der Schule. Der Hoflehrer brachte ihr das Schreiben und Lesen bei. Vor allem das Lesen machte ihr sehr großen Spaß. Sie las so gerne Märchen und interessierte sich sehr dafür.

Wenn sie ein Märchen oder eine Geschichte zu Ende gelesen hatte, ging sie zu ihrer Oma d und fragte ihre Großmutter Löcher in den Bauch. Die Großmama musste ihr alles noch einmal genau erzählen.

Eines Tages las sie das Märchen „Der Froschkönig". Als Liebevoll dieses Märchen gelesen hatte, lief sie wiederum zur Oma, und diese erzählt ihr das Märchen noch einmal ganz ausführlich, denn die Oma war die Königstochter, die damals die goldene Kugel aus Versehen in den Brunnen geworfen hatte und der König war der verzauberte Frosch, also der Froschkönig.

Liebevoll bekam den Mund gar nicht mehr zu, was für ein Wunder, dachte sie. Die alte Königin stand auf und ging an einen prunkvollen Schrank und öffnete die Glastür. Dort stand ein verziertes Kästchen, in dem lag eine goldene Kugel. Sie nahm die goldene Kugel aus dem Behälter und gab sie Liebevoll in die Hand. „Das ist die goldene Kugel, um die sich das Märchen dreht", sprach die Oma. Prinzessin Liebevoll kam aus dem Wundern nicht heraus.

Die Großmutter sprach weiter: „Sieht du die eingeritzten Bilder auf der Kugel? Die hat mein Froschkönig vor Freude, dass er von dem bösen Zauber erlöst wurde, auf die Kugel von einem Zauber anfertigen lassen. Diese Kugel verbirgt jetzt selbst eine Zauberkraft. Auf der einen Seite sieht man einen Frosch und auf der anderen Seite erblickt man eine Krone. Küsst man nun den Frosch, so wird man in einen Solchen verzaubert. Busselt man aber die Krone, wird man von jedem Zauber erlöst und erfreut sich bester Gesundheit."

Prinzessin Liebevoll und ihre Oma waren so im Gespräch vertieft und bemerkten nicht, dass sie beobachtet wurden. Der goldgierige Diener, der früher einer von Ali Babaasvierzig Räubern war, hatte beide aus dem Nachbarzimmer gemustert. Leider konnte er aber die Worte der Prinzessin Liebevollund der Großmutter nicht verstehen. Den ganzen schönen Tag machte er sich Gedanken, wie er die Kugel mausen konnte.

Schon an nächsten Tag hatte er Gelegenheit dazu. Liebevoll hatte die Kugel von der Oma bekommen und spielte damit am Fischteich im Könighof. Der goldgierige Diener ging zur Prinzessin und sprach mit ihr. Er lenkte Liebevoll so ab, dass ihr beim Hochschmeißen der goldenen Kugel diese aus der Hand glitt und in den Teich fiel. Aufgeregt lief das Mädchen in den königlichen Palast, um Hilfe zu holen. Der böse Hausdiener nutzte die Zeit in der Liebevoll mithilfe zurückkam und holte die Kugel aus dem Wasser. Vor Freude über seinen goldigen Fang, schmiss er die Kugel in die Luft, fing sie auf und küsste die Seite mit den eingravierten Frosch.

Plötzlich begann in seinem Kopf ein Rauschen und sein Körper fing an zu zittern. Er wurde immer kleiner und seine Haut wurde ganz grün. Nach einer halben Minute war der Zauber zu Ende. Er war ein Frosch. Mit lautem Quaken sprang der Frosch in das Wasser des Fischteiches.

Die Kugel aber fiel zu Boden und lag am Ufer des Gewässers, sodass sie Liebevoll selber, nach ihrer Rückkehr, finden konnte. Der goldgierige Diener aber blieb ewig ein Frosch und wenn ihn nicht ein Storch zum Frühstück verspeist hat, dann lebt er noch heute im königlichen Fischteich.

Schneewittchen und der Wolf

Schneewittchen ist nun alle Sorgen los. Die böse Stiefmutter, ist aus dem Königreich verband.

Sorgenfrei macht sie einen Spaziergang durch den Märchenwald. Sie sieht Hase und Igel auf der Rennbahn, wie beide um die Wette laufen. Voller Inbrunst feuert sie den Hasen an. Er hat viel kürzere Beine und muss dadurch er immer mehrere Schritte machen.

Danach trinkt sie Kaffee bei Rotkäppchens Oma. Sie erzählen über den Wolf, als dieser die Großmutter gefressen hat und das es ganz dunkel in seinen Bauch war. Schneewittchen findet das alles sehr traurig.

Nach dem Kaffee trinken geht sie weiter durch den Märchenwald. An dieser Stelle ist er ganz unheimlich. Wind rauscht durch die Bäume Schneewittchen bekommt Angst.

Plötzlich hört sie etwas. Ein Wolf heult und steht vor ihr.

„Au, du siehst aber sehr gut aus. An dir ist kein Lot Fett dran, nur Muskel und mageres Fleisch.

Du wärst ein schmackhafter Bissen für mich. Mein Bruder hat Rotkäppchens Oma gefressen, das hätte ich nicht gemacht. Aber du, wirst bestimmt gut schmecken."

Der Wolf fing an, vor Freude aufzuheulen.

Nicht weit entfernt fütterte der Jäger, welcher Schneewittchen im Auftrage der bösen Stiefmutter töten sollte, die Rehe. Das macht er ständig und möchte sich damit entschuldigen, das er damals ein Reh getötet hat, um Schneewittchen das Leben zu retten.

Der Jäger hört das Geheule des Wolfes und denkt sich gleich, das der Wolf etwas Böse vor oder schon ausgeführt hat.

Sofort macht er sich auf den Weg und geht dem Gejaule nach. Er sieht, wie der Wolf ansetzt und sich auf Schneewittchen stürzen will.

Er holt gleich sein Gewehr von der Schulter und legt an. Leider hat er nur eine Schrottladung in seinem Gewehrlauf.

Ein Knall und der Wolf heult noch läuter. Das Schrot hat sein Hintern getroffen. Der Bruder des bösen Wolfes nimmt sofort reiß aus und lässt Schneewittchen in Ruhe. Man hat ihn nicht mehr im Märchenwald gesehen.

So hat der Jäger das zweite Mal Schneewittchen das Leben gerettet.

Schneewittchen etwas anders

Einige alte Märchen gehen mir nicht mehr aus dem Sinn. Es war einmal eine hübsche Prinzessin, diese hatte eine böse Stiefmutter und schickte sie zum Töten in den Wald doch der Jäger, den sie es befahl, machte es nicht. Er ließ sie laufen und sie kam an ein Häuschen. Da war kein Pfefferkuchen dran, nein dort standen sieben kleine Bettchen im Schlafzimmer. Das sah die Prinzessin durch das Fenster.

Sie ging ins Haus und schaute sich um. In der Küche war der Tisch gedeckt, ganz wunderschön. „Wer mag das wohl sein?", dachte die schöne Kleine mit den schwarzen Haaren. „Ich werde hier einmal aufräumen", sprach das Mädchen vor sich hin. Es passierte, dass der Tisch sich von alleine aufräumte und blitze blank wart. Da dachte die Kleine mit den schwarzen Haaren: „Das geht nicht mit rechten Dingen zu. Es ist ja, wie im Märchen Tischlein deck dich."Sie versuchte es noch einmal und sagte: „Tischlein deck dich" und der Tisch deckte sich von ganz alleine. Er sah wunderschön aus.

Da wurde die Prinzessin müde und legte sich in ein Bett und fing an zu schlafen.

Es dauerte nicht lange, da kamen sieben kleine Wichtel zu dem Haus und schauten nicht dumm.

Sie kamen von der Arbeit und brachten Kieselsteine, die leuchteten mit. Sie sahen aus wie Brillanten.

Doch irgendetwas war anders hier im Haus und es lag auch vieles durcheinander.

Da ging ein kleiner Zwerg in das Schlafzimmer und sah die Prinzessin schlafen. Die anderen Wichtel kamen dazu und freuten sich. Der lustigste Zwerg machte sie wach und da war bei allen die Freude groß.

Die Zwerge und das wunderschöne Mädchen einigten sich, das die Prinzessin ab jetzt den Haushalt der Zwerge führt. Sie machte das sehr brav und schön. So lebten sie Wochen lang.

Im Schloss der Stiefmutter war ein Spiegel und da fragte diese, täglich: „Wer ist die schönste hier im Land?" und jedes Mal antwortete der Spiegel: „Ihr seit dieSchönste hier!" Doch das letzte Mal war es anders. Da sagte der Spiegel: "Das Mädchen bei den sieben Zwergen ist die Schönste in unserem Land. Die Stiefmutter wurde wütend und befahl den Jäger zu sich und jagte den Jägersmann aus dem Schloss.

Sie musste es selber in die Hand nehmen und rief den Frosch mit der goldenen Krone. Den beauftragte sie das Mädchen zu töten. Doch dieser wollte nicht denn die Prinzessin war seine Freundin. Da ging die Stiefmutter in den Garten und pflückte schöne rote Äpfel.

Manche Äpfel waren halbseitig Rot und die andere Hälfte Gelb.

Sie befal den Gärtner die gelbe Seite mit Gift einzuschmieren und die rote Seite so zu lassen.

Dann legte sie die Äpfel in einen Korb und ging mit diesen in den Wald. Die Böse verkleidete sich und ging über Stock und Stein durch Wiese und Wald zu den sieben Bergen. Dort suchte sie das Haus der Zwerge, wie es der Spiegel gezeigt hatte. Nach langen suchen fand sie es und klopfte an das Haus. Sie rief dann: „Äpfel zu verkaufen, schöne Äpfel." Das Mädchen, welches Schneewittchen hieß, machte auf. Weil die Früchte so schön aus sahen, kaufte sie ein paar Äpfel. Danach legte sie die Äpfel in eine Schale. Die Stiefmutter aber machte sich aus dem Stab und traf unterwegs noch ein Männchen, welches Rief: „Morgen braue und koche ich und Übermorgen hole ich der Königin ihr Kind. „Sie beachtete den kleinen Wicht nicht und ging zurück in das Schloss und befal den Koch eine Ganz zu braten. Der Koch hatte eine lange Nase. Nach zwei Stunden war das Essen fertig.

Schneewittchen unterdessen biss in einen Apfel und viel im Schlafzimmer auf ein Bett. Sie lag wie tot auf dem Bett.

Es kamen die Zwerge nach Hause und sahen es. Der größte Zwerg untersuchte das Mädchen und sagte: „Sie ist tot." Da waren die sieben Zwerge sehr traurig und bauten ihr einen Sarg aus Glas. In zwei Tagen wollten sie das Mädchen begraben. Vorher suchten sie in Wald einen schönen Platz auf. Da trafen sie zwei Igel und einen Hasen. Die Tiere wollten grade einen Wettlauf machen. Sie begrüßten sich und die Wichtel fanden eine ruhigen und grünen Platz.

Im Schloss fragte die Stiefmutter wiederum den Spiegel und bekam für sich eine gute Nachricht. Sie sei die Schönste hier im Lande. Für die böse Stiefmutter war es eine Freude.

Die zwei Tage waren vorbei und ein Kater mit einer Kutsche sollte den Sarg zum Grab in den Wald fahren. Auf der Fahrt begleiteten die Zwerge die Kutsche mit dem Kater der hohe Stiefel anhatte.

Die führten die Kutsche in eine holprige Gasse und fuhren mit ihr über Stock und Stein. Plötzlich fing das liebe hübsche Mädchen an zu würgen und spuckte den Apfelbissen aus, Schneewittchen lebte, da freuten sich die Zwerge und brachten sie zum Jäger, der in einem anderen Land bei einem jungen König seinen Dienst machte. Der König verliebte sich in Schneewittchen und fragte sie, aber auch die Zwerge, ob sie ihn heiraten möchte. Auch hier war die Freude groß und alle waren sich einig. Die Hochzeit sollte schon nach einer Woche passieren. Es wurde ein großes Fest und zu der Feier luden sie auch die Stiefmutter ein. Sie kam mit den fliegenden Teppich.

Als die böse alte Schneewittchen sah, fiel sie vor Wut um und war tot. Somit ist das Märchen zu Ende. Wie viel Märchen sind mir im Kopf gewesen. Waren es drei Märchen oder vier oder etwa sechs.

Der Koch und die Kröte

Es war einmal ein Koch und er wollte aus seinem Garten Kräuter holen. Da sprang ihm eine große Kröte entgegen. Der Koch wollte sie verjagen, aber die Kröte wollte nicht fort gehen.

Der Koch schaute dumm herein und versuchte die Kröte fortzujagen. Plötzlich hörte man die Kröte zu dem Koch sprechen: "Ich verfluche dich, wenn du heiratest und deine Frau ein Kind bekommst, dann soll es auch ein Frosch sein. Nun bereute der Koch die Kröte verjagen zu wollen. Er ließ das Tier im Garten.

Die Jahre vergingen und der Koch fand eine Frau. Er heiratete sie und als bald gebar die Frau den Koch ein Kind. Das Kind hatte einen Froschkopf. Der Koch erinnerte sich an die Kröte und sprach zu sich: "Was kann ich nur machen, damit das Kind eine richtigen Kindskopf hat?" Die Kröte unterdessen war in einen aus getrockneten Brunnen zu Hause. Dieser stand unmittelbar vor dem Haus des Koches. Das wusste der Koch aber nicht. Der Junge mit dem Froschkopf wuchs heran und spielte des Öfteren vor dem Haus. Er wurde oft von den anderen Kindern gehänselt und sie riefen immer: "Froschkopf!" Die Familie des Koches war darüber sehr traurig. Auch der Junge ärgerte sich und blies sich das nicht gefallen. Eines Tages spielte er an den ausgetrockneten Brunnen. Es kam ein Hund und dieser schuppte den Jungen mit den Froschkopf in den Brunnen. Da sah er die Kröte sitzen. Er hob die Kröte auf und streichelte sie. Dann überlegte er. Aus dem Märchen von Froschkönig wusste er, dass wenn man einen Frosch küsst, das dieser zu einen Prinzen wird. Darum nahm er die Kröte und küsste sie. Plötzlich hatte er ein summen im Kopf und auch Kopfschmerzen. Er setzte die Kröte wieder vorsichtig hin und kletterte aus dem Brunnen. Er ging nach Haus zu seinen Eltern und sein Vater erkannte den Jungen nicht. Als der Junge Vater sagte, wurde seine Mutter klar, dass es ihr Junge war. Der hatte jetzt ein richtigen Menschenkopf und der Fluch hatte ein Ende. Seitdem fütterte der Junge und seine Eltern die Frösche und die Kröten in der Umgebung und passten auf das ihnen nichts passiert.

Der Glücksengel

Es war einmal ein Königspaar, die hatten einen zehnjährigen Sohn. Es weihnachtet sehr. In der Eingangshalle stand ein großer geschmückter Weihnachtsbaum. Auf der Spitze des

Baumes war eine wunderschöne Engelsfigur aus Porzellan befestigt. Jeden Tag kam der Königssohn zu den Christbaum und bettete dort zu dem Engel, denn er war des Königssohns Glücksbringer.

Er wünschte sich, dass sein Vater noch lange König bleibt und er später einmal den Königsthron übernimmt.

Das hörte der böse, unzufrieden und habgierige Halbbruder des Königs. Dieser wollte schon lange König werden und er schmiedete einen Plan. Er war mit der Hexe Kala gut bekannt und befreundet. Beide trafen sich des Öfteren im dunklen Tannenwald, wo die Hexe ihr Hexenhaus hatte. Des Königs Halbruder machte sich auf den Weg und ging zur Hexe. Er erklärte ihr seinen Plan und die Hexe war begeistert zumal er die Hexe heiraten wollte und sie würde Königin werden.

Der Zielsetzung war, dass er den Engel vom Weihnachtsaum fallen sollte und die Hexe den Königssohn fangen muss und diesem dann einsperrt.

Die gute Fee Arwen flog durch den Tannenwald und als sie über dem Hexenhaus war, hörte sie die Anordnung des Königs Halbbruder.

Arwen liebte den kleinen Königssohn und spielte des Öfteren mit ihm.

„Irgendwie muss ich das Verhindern", dachte sie.

Und so lief der Plan seinen Lauf. Der Halbbruder ließ den Engel von Christbaum fallen. Der Engel ging in ein paar große und kleine Scherben kaputt.

Als die Fee, dies sah, fegte sie die Scherben auf und nahm diese mit zu sich nach Haus.

Der Königssohn sah auch das der Engel entzwei war und er lief unter Tränen aus dem Schloss. Hinter dem Pferdestall wartete die Hexe und schnappte sich den Königssohn und flog mit ihm in ihr Hexenhaus im Tannenwald. Den Königssohn sperrte sie erst einmal in die Hexenküche und gab ihm unter Gewalt einen Schlaftrunk.

Die gute Fee sprach schnell einen Wunsch aus, als sie hörte, dass der Königssohn entführt werden sollte. Er Ihr Wunsch war, das er nicht länger als zehn Jahre gefangen bleibt.

Die Hexe brachte den Königssohn zu einem befreundeten Räuberpaar. Diese sollten auf ihm aufpassen und eingesperrt halten. Das Räuberpaar hatte noch zwei Kinder, eine Tochter und einen Jungen. Sie mussten von ihren Eltern, das Räubern und Dieben lernen. Den Königssohn sperrten sie in die Räuberhöhle ein. Dort verbrachte der Prinz erst einmal einige Monat und musste das ganze Diebesgut ordnen, säubern und sortieren. Auch die Höhle und das Räuberhaus hielt er sauber. Beim Säubern wurde er an einer langen Kette angekettet damit er nicht weck Laufen konnte.

Der Räuber fragte dem Königssohn immer, ob er das Räubern erlernen möchte.

Doch dieser antwortete ständig mit: „Nein!"

Die Räuber hatten in der Höhle auch ein Verlies für Gefangene und dort steckten sie dein Prinzensohn hinein. Er musste dort mit Wasser und Brot und manchmal mit einer dünne Suppe leben.

Mittlerweile sind zehn Jahre ins Land gegangen. Dem König war die Frau Königin gestorben und er sucht immer noch seinen Sohn. Die Hexe und des Königshalbruder hofften schon seit langer Zeit, das der Monarch stirbt und der Stiefbruder König würde. Jetzt dachten sich der Halbbruder eine neuen Plan aus. Der Königssohn sollte sterben und zurück in das Schloss gebracht werden, damit der König sein Amt des Regierens aufgibt und er König wird.

Aus dem kleinen Prinzen war, trotz der schlechten Ernährung, nach zehn Jahren ein stattlicher gut aussehender Prinz geworden. Die Räubertochter war auch so alt und verliebte sich in der Prinzen. Sie versprach den Prinzen ihm zu helfen, wenn er fliehen wollte und so geschah es. Sie half den Königssohn zur Flucht. Dieser flüchtete in den Tannenwald, wo auch die Fee eine Feenhöhle hatte.

Am Tag der Flucht blies ein starker Wind mit viel Schnee durch den Tannenwald. Der Königssohn suchte eine Zuflucht und er sah die Höhle der Fee. Er fragte, ober er dort bis nach dem Unwetter sich aufhalten dürfte. Die Fee nahm ihm freundlich auf und gab ihm erst einmal etwas Richtiges zu Essen. So etwas hatte er die letzten zehn Jahre nicht gegessen.

Da es gerade um die Weihnachtszeit war, hatte die Fee einen Christbaum geschmückt, auf deren Spitze lächelte ein Engel.

Der Königssohn sprach dann zur Fee, solch einen Engel hatten wir damals auch auf unserem Weihnachtsbaum. Die Fee schüttelte den Kopf und holte den freundlichen Jungen zu sich und schob seinen linken zerlumpten Ärmel hoch.

Da sah sie ein kleine Krone, ein Muttermal des Königssohnes. Damit wusste sie, wer der Junge war. Sie sagte erst einmal nichts und bestellte für den nächsten Tag bei ihrem Nachbar, der eine Kutsche mit Pferde besaß, diese.

Am nächsten Tag fuhr sie mit dem Jungen zum Schloss des Königs. Dort wurde gerade der Christbaum geschmückt. Er stand immer noch an der Stelle, wie vor zehn Jahren, nur sein Haupt krönte ein großer Weihnachtsstern.

Die Fee holte den mitgebrachten Engel, den sie damals wieder aus den Scherben zusammenfügt hat lassen und fragte einen Diener, das er den Engel auf die Tanne setzen sollte. Dieser fand den Engel gut und befestigte ihn etwas tiefer an der Tanne.

Plötzlich kam der König und sah den Engel.

„Woher kommt der Engel?", fragte er. „Es ist ein gleicher Engel an dem Tag als mein Sohn verschwand, der den Christbaum zierte."

Die Fee antwortete: „Schauen sie sich den Jungen an, er hat am linken Arm eine Krone als Muttermal. Ich glaube, das ist der Beweis, das dieser junge Mann euer Königssohn ist."

Der König schaute auf dem Arm und nahm den jungen Jüngling in seine Arme und rief aus. Ich liebe den Engel, er hat mir meinen Sohn zurückgegeben. Der Regent ließ den Engel vom Christbaum holen und stellt ihm in eine der königlichen Vitrine. Davor kamen zwei Wachposten die den Glücksengel bewachten.

Der wiedergefundene Prinz erklärte was ihm vor zehn Jahren passiert war, das die Hexe Kala ihm entführt hat und er bei einem Räuberpaar gefangen gehalten wurde. Der König ließ von seiner Leibwache die Hexe holen und diese verriet, wer hinter der Entführung stand.

Dadurch wurde der habgierige Halbbruder entlarvt und musste bis zu seinem Tode im Verlies des Königs zu bringen,

Der Prinz wurde König und er holte die Räubertochter und gab ihr eine gute Stellung in Schloss.

Und wenn sie noch nicht gestorben sind dann leben sie heute vielleicht noch.

Der Holzfällerjunge

Es war einmal ein Holzfäller. Dieser wohnte am Rande eines dichten Tannenwaldes in einer Holzhütte. Das Haus hatte drei Zimmer. Eine ganz große Wohnküche, ein Schlafzimmer, und das dritte Zimmer gehörte dem Jungen des Holzfällers. Der Junge war im mittleren Alter und liebte Tiere aller Art. Die Rehe und Wildschweine brachte er im Winter Heu und anderes Futter. Im Herbst sammelte er Kastanien und Eichel, diese bekam das Wild immer am Sonntag, damit sie wussten, dass der Sonntag ein besonderer Tag war. Auch sein Vater der Holzfäller brachte ihn des Öfteren fast alle Sorten Tannenzapfen mit. Die Eichhörnchen fraßen sie besonders gern. Auch fütterte er im Winter die Singvögel, die nicht die weite Reise nach dem warmen Afrika antreten konnten, um dort zu überwintern.

Eines Tages im Sommer streifte er durch den Wald und sah plötzlich, wie ein Fuchs einen bunten Vogel gefangen hatte. Blitzschnell lief er auf den Reineke Fuchs zu und dieser ließ den

Vogel aus seiner Schnauze frei. Er suchte sofort das Weite und wurde lange nicht mehr an dieser Stelle gesehen.

Der Hans, so hieß der Junge, hob den Vogel auf und bemerkte, dass der Fuchs ganz schön zugebissen hatte. Bei dem Biss wurde das Tier schwer verletzt. Er blutete und 3 farbenprächtige Federn lagen am Boden, auch konnte er nicht mehr richtig fliegen. Hans nahm den Vogel mit nach Hause und pflegte den Vogel gesund. Besonders schmeckten das Tier Mehlwürmer. Diese brachten den buntgefiederten Vogel wieder Kraft. Die bunten Federn befestigte der Hans an seinen Holzfäller Hut, den er letztes Jahr Weihnachten von seinem Vater geschenkt bekommen hat. Der Hut gehört zur Tracht der Holzfäller und der Junge darauf sehr stolz. Die drei Federn schmückten den Hut wirklich schön.

Der Vogel war den ganzen Sommer zu Pflege im Haus der Holzfäller. Er lernte abermals richtig fliegen und es war Zeit ihn wieder in die Freiheit zu entlassen. Hans hatte Ende des Sommers Geburtstag und an diesen Tag entließ der Bube wieder in die Freiheit.

Der Vogel flog eine große Runde. Der Flug sah perfekt aus. Dann setzte er sich aus einem grandiosen Tannenast und lies aus voller Lebenskraft seine Stimme ertönen. Danach setzte er wieder zum Flug an und landete genau vor Hans Beine. Ließ seinen Ruf ertönen und plötzlich sprach er in der Menschensprache!

„Hab recht herzlich Dank für deine Pflege, ohne dich hätte ich den Biss des Fuchses nicht überlebt. Ich bin ein besonderer Vogel. Die drei Federn an deinen Hut werden dir immer helfen.

Es sind Zauberfedern. Wenn du in Gefahr bist, nimmst du eine Feder und hältst sie gegen die Gefahr. Sie wird sie abwehren."

Nach diesen Worten flog der Vogel in das Gebüsch des Waldes und ward verschwunden.

Der Junge, schüttelte den Kopf und glaubte nicht, was eben passiert war. Nahm seinen Hut und schaute sich die Federn noch einmal an.

Der Winter kam und Hans ging in den Wal und fütterte das Niederwild. Als er damit fertig war, kamen die Vögel dran. Er hatte grade das Futter auf den Futterplatz geworfen, als ein mächtiger Wolf aus dem Buschwerk, auf ihn zu kam.

Auch dieser konnte die Menschensprache und brüllte zu den Buben herüber und fletschte dabei seine Zähne. Er sah furchterregend aus. Was soll ich jetzt machen, dachte Hans und er erinnerte sich an den bunten Vogel. Nahm seinen Hut blitzschnell vom Kopf und flink hatte er eine Feder in der Hand. Der brandgefährliche Wolf zeigte weiterhin seine zerfleischenden Zähne und knurrte laut. Der Junge in der Hand eine rote Feder und zeigte auf den Wolf, dieser wich ein Stück zurück, doch plötzlich blitzte es und er Wolf fiel tot um. Aus der Feder kam ein greller Blitz und tötete das Raubtier. Hans glaubte seinen Augen nicht, was im Moment gerade passierte. Vorsichtig ging er mit einem Ast in der Hand zum Wolfsbestie. Stieß das wilde wehrlose Tier an und wirklich der Wolf war tot. Hans ging nach Haus und holte seinen Vater, den Holzfäller. Beide zogen den Wolf in eine Kuhle im Wald und schnitten einige Zweige und Äste von den Bäumen. Diese legten sie über den Wolf, sodass er nicht mehr zu sehen war. Hans baute noch ein hölzernes Kreuz aus Ästen und stellt es am Kopfende des

Wolfes. Ein Jahr später kam Der Junge wieder einmal an die Stelle des Grabes vorbei. Er sah auf dem hölzernen Kreuz den bunten Vogel sitzen. Als dieser Hans sah, kam er angeflogen und sang ein Wunder wundervolles Vogelgezwitscher.

Der Bauer und das Zauberfass

Ein Bauer arbeitete auf seinen Acker und grub ein großes Fass aus. Nach der Arbeit nahm er es auf sein Pferd und Wagen das Fass mit. Die Bäuerin machte das Fass sauber. Dazu nahm sie eine Bürste. Sie bürstete das Fass sauber. Dann fiel der Bauersfrau ein Geldstück in das Fass. Plötzlich war das Fass voller Geldstücke. Nun war die Bauernfamilie reich. Sie konnte zu jeder Zeit Geld aus dem Fass holen.

Der Bauer hatte einen Großvater, der war böse und schrie immer die Familie an. Das war nicht gut und so kam es oft zu Zank und Streitigkeiten. Auch hatte der alte Großvater, keine Kraft mehrt. Eines Tages ging der Großvater an das Fass. Ihn verließen seine Kräfte und er fiel ins Fass. Plötzlich war das Geld weg und sehr viele Großväter waren im Fass. Da war der Bauer traurig und musste alle Großväter er nähren. Sein ganzes Geld, was er hatte, ging wieder drauf. Beim Helfen der Großväter machte er das Fass kaputt. Dann stand nur noch ein Großvater da. Der Bauer hatte nun kein Geld mehr und war so arm, wie vorher. Er musste auf den Feldern arbeiten, um seine Familie durchzukriegen. Alles war wieder wie vorher.

Der Fuchs und der Wolf

Der Fuchs und der Wolf unterhalten sich. Sie reden über den Menschen. Diese sind stark. Wenn man sie besiegen will, muss man sie überlisten. „Ich würde gerne Mal einen Mensch fressen", sagte der Wolf. „Ich helfe dir dabei einen Menschen zu fangen und dann kannst du ihn fressen", antwortete der Fuchs. „Morgen früh kommst du Wolf zu mir und ich werde dir einen Menschen zeigen. Den kannst du fangen und fressen." In aller Frühe kam der Wolf zu den Fuchs und beide schlichen sich auf einen Waldweg, wo der Förster immer lang geht. Zuerst kam ein Soldat, den wollte der Wolf gleich fangen, doch der Fuchs wollte es nicht. Er hat es auf den Förster abgesehen. So ging der Soldat seiner Wege. Dann kam ein Schulkind, den sollte der Wolf auch laufen lassen, weil dieser noch zu klein war. Der dritte Mensch war der Förster. Er hatte eine Doppelflinte auf seinen Rücken und ein Hirschfänger Messer an der Seite. Da sprach der Fuchs zu den Wolf: „Das ist der Richtige, auf den musst du losgehen. Ich aber werde mich aus dem Staub machen und ziehe mich zurück in meinen Bau." Nun ging der Wolf auf den Förster los und dieser nahm seine Doppelflinte und schoss den Wolf eine Ladung Schrot ins Gesicht. Doch der Wolf ließ sich nicht erschrecken und ging auf den Förster los. Da nahm dieser seinen Hirschfänger und stach den Wolf in seine Flanken. Der Wolf lief jaulend und blutend zurück zum Fuchsbau. Er jammerte den Fuchs etwas vor, das der Mensch doch zu stark ist und er ihn nicht besiegen kann. Der Fuchs freute sich das der Wolf nun wenigstens vierzehn Tage außer Gefecht war und er den Prahlhans einen schönen Schrecken bereitet hat.

Die weggeworfener Flasche

Ein alter Mann ging auf der Straße in einer kleinen Stadt. Es war ein nebliger Morgen. Da sah er wie Anna, ein Mädchen zehn Jahre alt, eine leere Plastikwasserflasche wegwirft. Er ging dort hin und holte die Flasche aus dem Flutgraben. Der Graben war leer. Dann fragte er Anna: „Warum hast du die Flasche weggeworfen?" Anna sah den alten Mann verdutzt an und sagte: „Das ist doch Müll!" „Das darf man doch nicht einfach wegwerfen. Das schadet die Umwelt", erwiderte der alte Mann. „Für die Flasche haben deine Eltern Pfand bezahlt und darum musst du diese Flasche wieder mit nach Hause nehmen. Für die Flasche bekommt man schon ein Brötchen zum Essen." Anna schaut den Mann verschämt an. Sie fragt, ob sie die Flasche wieder bekommt. Der alte Mann gab ihr die Flasche wieder. Dann entschuldigte sich das Mädchen bei dem alten Mann. Sie verabredeten sich für den nächsten Tag mit dem alten Mann und möchte ihn beim Aufräumen seiner Wohnung helfen. Doch der alte Mann wollte das nicht. Er meinte sie solle mit ihren Freunden und Freundinnen den Flutgraben der grade leer war, von Unrast säubern. Dann würden sie etwas für die Umwelt machen. Anna ging traurig nach Hause und überlegte, wie sie den alten Mann helfen konnte. Am nächsten Tag in der Schule, sprach sie mit ihrer Lehrerin und wirklich ,die Lehrerin fand die Idee mit dem Flutgraben gut. Am Nachmittag des nächsten Tages kamen die Freund und Freundinnen und reinigten den Flutgraben. Der alte Mann sah das am nächsten Tag. Er kaufte eine Tüte Süßigkeiten und schenkte den Kindern diese. Die Kinder sagten dann zu den alten Mann, dass sie das jedes Jahr wenigstens einmal machen wollten. So hat die weggeworfene Flasche noch etwas gute verursacht.

174

Das Salz und eine Königstochter

Es war einmal ein König, der hatte zwei Töchter. Eines Tages wollte er wissen, wie dolle sie ihren Vater lieben. Die älteste Tochter sagte: „Ich liebe dich so sehr, dass ich dich und die ganze Welt umarmen könnte." Die jüngste Tochter sagte zu ihrem Vater: „Ich liebe dich, wie das ganze Salz auf der Welt." Das fand der König gar nicht gut und er wurde wütend. Er ließ den Henker kommen und dieser sollte die jüngste Tochter töten. Dieser ging mit ihr in den Wald und wollte sie dort töten. Doch das Mädchen bettelte sehr, er solle sie am Leben lassen. Da der Henker auch eine Tochter hatte, tat es ihm leid, die Königstochter zu töten. Er tötete ein Tier und nahm das Herz des Tieres, als Beweis, mit zum König.

Das Mädchen ging dann aus dem Wald und lief fast drei Tage in ein anderes Land. In einem Dorf wurde sie Dienerin bei einem reichen Herren. Dieser hatte ein Sohn im gleichen Alter, wie die Königstochter. Der Sohn war ein guter Koch und er kochte für viele reiche Menschen. Eines Tages sollte er auch für den König der Königstochter kochen. So machten sich der Koch und die Königstochter auf den Weg in das Schloss des Königs. Nun kochte der Koch für den König ein schmackhaftes Gericht. Die Königstochter riet dem Koch alles, ohne Salz zu kochen und er tat ihr den Gefallen. Die Königstochter servierte dem König das Gericht. Der König erkannte seine Tochter nicht, da sie schon ein paar Jahre aus dem Schloss war. Beim Servieren stellte sie dem König einen Napf voll Salz neben das Gericht hin.

Der König fing an zu essen. Es schmeckte ihn nicht. Er schimpfte und ließ den Koch kommen. Dieser streute über das Gericht etwas Salz. Danach schmeckte dem König das Gericht sehr gut.

Er wurde auf sich sehr wütend, dass er seine jüngste Tochter töten gelassen hat. Er holte den Henker und fragte ihn, ob er die Tochter getötet hatte. Der Henker sagte die Wahrheit. Da war der König froh. Er schickte seine Soldaten in das Königreich, um seine jüngste Tochter zu suchen. Er ließ sich auch einen Sack voller Salz vom Koch geben. Die Dienerin bekam das Handeln des Königs mit. Daraufhin gab sie sich zu erkennen. Als der König seine Tochter sah, freute er sich und umarmte sie. Er ließ sie gar nicht mehr los, vor Freude gab er ein großes Fest und der Koch musste kochen. Die Königstochter wollte den Koch als Gemahl. Der König freute sich darüber und es wurde Hochzeit gefeiert. Dann gab er der Königstochter das halbe Königreich und der Koch wurde jetzt ein kochender König.

So endet das Märchen noch im Guten und alle waren zu Frieden.

Bruder und Schwester

Bruder und Schwester spielten an einem Brunnen. Und was passieren sollte, einer fiel in den Brunnen und die andere sprach ihren Bruder hinterher. Im Brunnen war eine Wassernixe und freute sich, dass sie die beiden nun hatte. Sie sollten für die Nixe arbeiten. Auf den Grund des Brunnens hatte sich viel Gerümpel angesammelt. Das sollte Bruder und Schwester wegräumen. Sie arbeiteten einen ganzen Tag und bekamen nichts zu essen. Beide hatten großen Hunger und es gelang ihnen zu fliehen. Am nächsten Tag ging die Nixe in die Kirche und als sie in der Kirche war, sah sie Bruder und Schwester auch dort sitzen. Sie bezeichnete die beiden als Vögel. Die Vögel waren ausgeflogen. Sie wollte die beiden wieder einfangen. Dabei kam es zu einer wilden Verfolgungsjagd. Die Kinder schmissen Steine nach der

Nixe und der Bruder traf die Nixe an den Kopf. Da fiel die Nixe hin und kletterte mit Mühe in ihren Brunnen zurück. So retteten sich die Kinder und die Nixe musste seitdem alles wieder im Brunnen alleine machen.

Zwei dummen Königssöhne

Zwei Königssöhne waren nicht Grad die Schlausten. Sie wollten auf Abenteuersuche gehen und gerieten in den Märchenwald. Der jüngste Sohn war der größte Dümmlich beider Brüder. Da verirrten sich die Brüder und jeder suchte den richtigen Weg aus dem Märchenwald. Dabei erlebten sie viele Abenteuer. Der böse Wolf aus dem Märchen von Rotkäppchen und der Wolf verfolgte den ältesten Bruder. Er wollte ihn fressen. Doch der Oberförster half den ältesten Sohn des Königs und erschoss den Wolf. Als er älteste weiter ging, stolperte er in einen Ameisenhaufen. Viele Ameisen krabbelten an ihn hoch und bissen ihn, das tat weh und so sprang er in einen eiskalten See, um die Ameisen loszuwerden. Da kam der Dümmlich und lachte seinen Bruder aus. Anstatt zu helfen, lachte er immer weiter. Daran sah man, das er wirklich dumm war. Nach einer Weile gingen die Brüder weiter und kamen an ein Bienennest. Der Dümmlich wollte die Tiere töten, doch sein Bruder wollte das nicht. Am nächsten Morgen kam ein Männchen. Er zeigte den Brüdern einen Weg weiter in den Märchenwald. Auf den Platz, den er zeigte, lag ein Säckchen mit viele Perlen. Es waren die Perlen ihrer Schwester. Der Däumling nahm das Säckchen und dann suchten sie weiter den Weg aus dem Märchenwald. Damit sie den Platz später wieder finden legte er immer eine Perle auf den Weg. Daran sah man das er zwar dumm war, aber nicht ganz dumm. Mithilfe der sieben Zwerge fanden sie das Schloss ihres Vaters des Königs. Die Freude war groß, wieder zu Hause zu sein. Dann erzählten sie ihre Schwester von den Perlen. Diese wollte sie gerne zurück haben. Am nächsten Tag machten sie sich wieder auf den Weg in den Märchenwald. Doch leider waren die Perlen nicht mehr da und die Schwester war wütend. Sie beschimpfte ihre Brüder. Doch der König war schlau und holte ein Säckchen Perlen aus der Schatzkammer und gab sie seiner Tochter. Damit war alles wieder in Ordnung und das Märchen ist nun aus.

Der dumme Bauer

Eines Tages wanderte ein Bauer durch den Märchenwald, er kam an der Rennbahn von Hase und Igel vorbei. Da sah dieser die Vögel beim Vogelkonzert, "Alle Vögel sind schon da". Danach traf er den gestiefelten Kater und zu guter Letzt kam er an Lebkuchenhaus von der bösen Hexe vorbei.

Er hatte gehört, dass ein Schatz in diesem Haus versteckt ist. Unbedingt wollte er diesen Schatz finden. In seiner Dummheit rief er die Hexe und fragte danach. Natürlich verjagte die alte Xanthippe, den Bauern. Doch ganz so dumm war der Bauer nicht. Er schlich sich vorsichtig zum Lebkuchenhaus zurück und sah, wie die Hexe Hänsel in den Stall sperrte. Den muss ich befreien, dachte der dumme Bauer.

Gesagt getan, und er öffnete vorsichtig die verschlossene Tür. Hänsel war frei. Nun erklärte Hänsel den Bauern, das Gretel noch im Hause ist. Die müssen wir auch noch befreien. Aber wie machen wir das? Hänsel sagt, wir müssen die Hexe aus dem Haus locken.

Da hatte der Bauer eine Idee. Die Hexe hatte einen schwarzen Kater, diese locken wir aus dem Haus. Er machte eine Katze nach und wirklich der Kater, aber auch das böse alte Weib kamen aus dem Haus. Sie suchte um des Hauses und die Umgebung ab.

In dieser Zeit holten der Bauer und Hänsel Gretel heraus. Dann brachen sie von der Tür ein großes Stück Lebkuchen heraus und verschwanden.

Die Hexe sah, dass die Tür etwas kaputt ist und brüllte vor Wut ganz laut. Doch Hänsel und der Bauer waren schon über alle Berge. Nach einigen Kilometern machten sie eine Pause und aßen den Lebkuchen. Danach brachte der Bauer die Kinder nach Hause. Der dumme Bauer, mit den größten Kartoffeln, war doch nicht so dumm und lief im Märchenwald nicht nur herum.

Der Bettler

Es war einmal ein Bettler. Er hatte weder ein Zuhause und wohnte auf der Straße, im Park und fast überall. Weiterhin hatte er kein Geld um sich Essen und Trinken zu kaufen. Es war Sommer und es herrschte große Hitze. Der Bettler hatte Durst. Er wollte gerne arbeiten, aber bekam keine. Sein Aussehen war auch nicht grade schön. Lumpen trug er am Leibe. Darüber war der Bettler sehr traurig. Er setzte sich auf den einen Gehweg in der riesigen Stadt und bettelte. Als der Abend kam, hatte er wenige Groschen ein genommen. Die meisten Menschen würdigten ihn keines Blickes . Von dem wenigen Geld kaufte er sich eine Flasche Wasser und ein Brötchen, welches er aß. Das restliche Geld steckte er eingewickelt in ein Taschentuch, in die Hosentasche.

So saß er jeden Tag auf dem Gehweg. Viele Menschen kannten ihn mittlerweile, weil er immer an derselben Stelle saß. Jeden Tag bettelte er. Der Bettler wurde älter, immer älter. So langsam wurde er müde, krank und alt.

Er beschloss ein neues Leben anzufangen, stand auf und wanderte los. Über Stock und Stein in die Welt hinein und ging über Wälder und Dörfer.

Eines Tages kam er an einen Fluss. Der führte glasklares Wasser, die Fische tummelten sich und er nahm seine Flaschen und füllte sie. Das Wasser schmeckte vorzüglich. Als er die Flasche von Mund absetzte, sah er plötzlich Silberstücken in der Flasche schwimmen. Er staunte nicht schlecht und nahm einen Strumpf und schüttete das Restwasser hindurch. Im Strumpf blieben kleine Silberklumpen zurück. Er füllte öfters die Flasche und immer wieder schöpfte er kleine Silberstücken. An den Nachmittag schürfte er reichlich Silber. Machte das weiße Gold in sein verschnupftes Taschentuch und brachte es in die Stadt und tauschte es auf einer Bank in Goldgroschen um. Vierzehn Tage schürfte er das Silber und dann suchte er sich einen armen Partner und beide schürften immer weiter. Sie hatten so viele Goldgroschen, dass sie sich bald ein Haus kaufen konnten. Auch richteten sie das Haus gut ein und luden viele arme Menschen in ihre Bleibe ein. Alle brauchten nicht mehr hungern und hatten ein wunderschönes zu Hause. Der Bettler hatte den Silberfluss gefunden. Aus dem ganzen Land kamen die Bettler und er half sie alle.

Für die armen Menschen brach eine neue gute Zeit an. So verbesserte der arme alte Bettler die Welt in seinem Land.

Es gab viele Neider, denen das nicht gefiel, doch die Bettler waren zu stark geworden und so lebten sie glücklich bis an ihr Lebensende.

Der Vagabund und die alte Frau

In einem Waldhaus lebte eine alte kluge Kräuterfrau.

Eines Tages kam ein Vagabund vorbei und hatte großen Hunger. Sie holte den Landstreicher in ihr Domizil und gab ihm zu essen und zu trinken.

Als der Mann allein in der Stube saß, entdeckte er in einem Glaskelch einen kostbaren Diamanten. Die alte Frau beobachtete den Landstreicher, wie dieser habgierig auf den Stein blickte. Er schaute und entnahm den Stein und steckte ihn in die Hosentasche. Die Alte ließ in gewähren.

Plötzlich hatte es der Vagabund eilig. Er aß nur zwei Bissen und nahm einen kleinen Zug aus dem Weinglas, dann verabschiedete er sich und verließ fluchtartig das Haus. Die alte Frau winkte freundlich hinterher.

Der Landstreicher lief so schnell er konnte, in den Wald, bis er sich sicher fühlte. Steckte seine Hand in die Hosentasche und holte den Diamanten vor.

Doch was er sah, war kein Schmuckstein, sondern ein ganz gewöhnlicher Kiesel.

Wie er ihn auch drehte und wendete, es war kein Diamant.

Vor Wut nahm er den Stein und warf ihn in hohem Bogen weg.

Der Vagabund bekam plötzlich vor Hunger Magenkrämpfe. Sein Ärger war groß, dass er sich bei der alten Frau nicht satt gegessen hatte.

An nächsten Tag ging die Alte in den Wald, um Pilze und Kräuter zu suchen und fand dabei ihren kostbaren Diamanten wieder. Zu Hause legte sie das Schmuckstück erneut in die Stube in das Glasgefäß und freute sich darüber. Dem Vagabunden aber ging es vor Hunger schlecht. Als er im nächsten Dorf beim Klauen erwischt wurde, brachte man ihn ins Gefängnis. Zum Essen bekam er nur Wasser und Brot.

Das geklaute Zauberbuch

Der Zauberer Simsalabim ist mit seiner Kutsche, gezogen von vier Schimmelpferden, unterwegs. Sein Weg führt ihm durch einen geheimnisvollen Nadelwald.

Auch die beiden Räuber Langfinger und Klau Hals sind in diesem Wald unterwegs. Sie warten, ob irgend etwas hier auf dem Wege zum Klauen gibt.

Dort sehen sie auf einem Waldweg plötzlich eine Kutsche kommen und schon sind sie vagabundisch auf den Beinen und überfallen die Kutsche des Zauberers. Mit vorgehaltenen Pistolen fordern sie Simsalabim aus zusteigen. Sie verjagen diesen und er flüchtet in den Wald.

Die beiden Räuber setzen sich auf die Kutsche, knallen zweimal mit er Peitsche, geben noch einen Pistolenschuss ab und losgeht es zur Räuberhöhle.

An der Räuberhöhle angekommen, bringen sie die geraubten Sachen in die Höhle. Unter den Geklauten ist auch der Zauberstab und das große dicke Zauberbuch. Da die Räuber, damit nicht mit anfangen können, packen sie beides in einen Sack und schmeißen diesen unterwegs fort. In dem Sack sind mehrere Sachen, die sie nicht gebrauchen können. Beide wollen in die nächste Stadt, um dort Kutsche und Schimmelpferde zu verkaufen.

Ein armer Junge von zehn Jahren findet den Sack und nimmt ihn mit nach Hause. Dort schaut er in den Sack und findet auch den Zauberstab und das große dicke Zauberbuch. Leider kann der Junge noch nicht lesen und seine Eltern haben es nicht gelernt.

Er nimmt den Zauberstab und das Buch und geht zu seinen alten Onkel. Dieser war auch nicht reich, aber hat lesen gelernt.

Der Anverwandte nimmt das dicke Buch und fängt an zu lesen, dabei bemerkt er das, das Buch ist eine ganz besonderes Lektüre.

Dort stehen Zaubersprüche drin. Er und sein Neffe probieren einige Zaubersprüche aus und der Zauber kommt zu stand.

Der arme Junge muss nun selber lesen lernen, um das Buch mit dem Zauberstab anzuwenden. Sein Onkel wird ihn das Lesen und Schreiben beibringen. Dafür darf er sich des Öfteren einen Wunsch mit dem Zauberbuch erfüllen.

Der Zauberer Simsalabim will natürlich sein Zauberbuch zurück haben und besucht, nach dem er aus dem Tannenwald herausgefunden hat, seine Freundin die Hexe Mandra. Beide überlegen, wie sie den Zauberstab und die Zauberfibel zurückbekommen.

Mandra holt ihre große Hexenkugel und fragt diese, wo sich das Buch und der Stab befinden. Die Zauberkugel zeigt an, wo sich die Zauberlektüre befindet. Am nächsten Tag wollen sie das Buch und den Zauberstab zurückholen.

Der Onkel des armen Jungen überlegt und meint zu diesen: „Wir müssen das Zauberbuch und den Stab verstecken, denn der Zauberer möchte gern das Buch und Stab zurück haben. Oder noch besser wir schauen in das Buch und zaubern uns dasselbe Buch mit dem Stab nochmal und verstecken das."

Nach langen suchen finden sie in der Fibel den Verdopplungszauberspruch. Sie probieren ihn aus und so haben sie das Buch und Zauberstab nochmal. Dieses bringen sie auf den Boden und verstecken es an einen sicheren Platz.

Am nächsten Tag kommen Zauberer und Hexe mit dem Hexenbesen angeflogen. Die Hexe sagt einen Hexenspruch und schon öffnet sich die Tür zum Haus des armen Jungen. Beide fordern sie diesen auf das Zauberbuch herauszugeben, ansonsten verhext die Hexe den Buben in eine Maus. Dieser bekommt Angst und gibt beide Teile Stab und Buch heraus. Damit fliegen beide Hexenleute los und freuen sich darüber.

Gegen Abend geht der Junge zu seinem Onkel, holen das Zauberbuch und Stab hervor aus dem Versteck und zaubern sich erst einmal ein schönes Abendessen.

Danach beginnen die Zwei das Lesen und Schreiben zu lernen, für den armen Jungen. Durch das Zauberbuch konnte der Bursche schon nach einer Woche perfekt schreiben und lesen. Er nimmt vom Onkel ein Märchenbuch mit nach Hause und liest seinen Eltern ein Märchen vor. Diese staunten nicht schlecht, dass ihr Sohn plötzlich lesen und schreiben konnte.

Das doppelte Zauberbuch blieb ein Geheimnis zwischen Onkel und dem Jungen. Wenn es ihnen nicht so gut geht, zauberten sie sich das Nötigste. Beide helfen mit ihrer Zauberei alle armen Leute und wurden in der Gegend sehr angesehen.

Der schlaue Bulle

Es war vor langer, langer Zeit, da lebten in einem Dorf drei Bauern.

Jeder von ihnen hatte einen eigenen Hof, wobei einer sehr viel Ackerland besaß. Was auf den Feldern der beiden ärmeren Bauern wuchs, reichte knapp, ihre Familien von einem Jahr zum anderen zu ernähren.

Der reiche Bauer besaß nicht nur viele Felder, er war zudem auch noch geizig. Seine beiden armen Nachbarn wollten ihm des Öfteren ein Stück Land abkaufen. Doch der Geizige setzte den Preis so hoch, dass sie das Land nicht bezahlen konnten, auch wenn sie ihr bisschen Geld zusammenlegen würden.

Ein weiteres Jahr ging zu Ende und die beiden Armen hatten nicht viel geerntet, sodass ihre Familien Hunger litten. Der reiche Bauer hatte aber soviel in seine Scheune gefahren, dass es ihm ein Leichtes gewesen wäre, etwas von seinen Früchten den beiden abzugeben. Doch er tat es nicht.

Eines Tages brach ein fürchterliches Unheil über die beiden mittellosen Familien herein.

Der eine Bauer verunglückte zusammen mit seinem Bullen und seine Frau besaß danach nur noch eine Kuh, ein paar Hühner, ein Schwein und eine Ziege.

Wenig später verstarb die Frau des anderen Ackersmann und mit ihr die einzige Milchkuh. Dies verschlimmerte das Elend noch mehr. Der Witwer hatte jetzt nicht einmal mehr Milch zum Trinken. Seine Nahrung bestand tagtäglich nur noch aus Eiern und dem Fleisch seiner Hühner, denn Brot konnte er schon seit langem nicht mehr backen. Das wenige Getreide, welches er erntete, diente als Futter für die Tiere und einen Teil brauchte er für die Saat im Frühjahr.

In seiner Not ging der verzweifelte Bauer zu seinem reichen Nachbarn und wollte ihm ein bisschen Korn abkaufen.

Aber dieser sagte nur: „Ich brauche das alles für mich, sonst weiß ich nicht, wie ich bis zum nächsten Jahr Frau und Kinder ernähren soll."

Unverrichteter Dinge musste der verzweifelte Bauer von dannen ziehen. Gerade als er die gute Stube verließ, brachte die Magd Gänsebraten herein und tischte diesen ihrem reichen Herrn auf.

Langsam ging der Arme zurück auf seinen Hof. Zuerst führte ihn sein Weg in den Stall, um seinem Bullen etwas mitzuteilen.

„Lieber Bulle", sagte er. „Du bist mein bester Freund, doch ich habe solch einen Hunger, dass ich dich schlachten muss. Nur so komme ich noch über den Winter." Der Bauer fing an zu weinen. Das Tier hatte ihn schon lange Jahre begleitet und war sein bester Freund geworden. Er zog den Wagen, den Pflug und erleichterte seinem Herrn das Ernten.

Auch war er gleichzeitig Wachhund, denn sein Gehör war so gut, dass er den Fuchs und den Iltis schon von weitem hörte, wenn sie auf den Hof schlichen, um sich ein Huhn oder ein Ei zu holen. Dann brüllte er laut und verscheuchte die Eindringlinge.

An all das dachte der Bauer, als er vor dem Tier stand. Er weinte und streichelte seinem Freud über den dicken Kopf.

Plötzlich vernahm der Bauer eine Stimme:

"Bauer sei nicht dumm, sondern schlau,

auf dem anderen Hof lebt eine Frau.

Die Bäuerin ist allein, mit ihrer Kuh

zusammen habt ihr bald ein Kalb dazu.

Sie hat keinen Mann, keinen Bauern,

hilf ihr beim Reparieren der Mauern.

Legt zusammen euer karges Essen,

sicher reicht es dann auch noch für unser Fressen."

Der Bauer war erstaunt und verblüfft, denn er konnte niemanden sehen.

„Ich habe mit dir gesprochen", meinte der Bulle und stupste seinen Herrn an.

Der Bauer freute sich innerlich und befolgte den Rat des treuen Tieres.

So machte sich der Ackersmann auf und ging zu dem anderen Bauernhof. Dort sah er die Bäuerin, wie sie verzweifelt versuchte, mit Sand und Kuhmist die Stallmauern zu reparieren.

Sogleich nahm er ihr die Schippe aus der Hand und machte sich an die Arbeit. Die Bäuerin freute sich sehr darüber. Sie molk ihre Kuh und gab dem Nachbarn zu trinken. Das war ein wohlschmeckender Trank nach all der Zeit der Entbehrungen.

Dann erzählte der Witwer, was sein Bulle ihm geraten hatte und die Bäuerin meinte:

„Der Bulle ist schlau,

bei euch fehlt eine Frau,

und dem Bullen eine Kuh,

bald haben wir ein Kälbchen dazu."

Und sie willigte ein. Fortan machten beide alles gemeinsam. Sie teilten ihr Essen, das Futter für die Tiere und reparierten notdürftig das Bauernhaus der Witwe. Die Kuh brachten sie zum Bullen, der sich darüber sehr freute.

So kamen alle gut über den Winter. Im Frühjahr bestellten sie zusammen ihre Felder, eines mit Kartoffeln und das andere mit Korn. Hinter dem Bauernhof der Bäuerin war noch ein kleiner Hausgarten, in dem sie Gemüse anbauten.

Es war Anfang Mai. Die Bäuerin erntete gerade Radieschen, als über dem Wald ein Gewitter aufzog. Schon zuckte ein Blitz über den Himmel. Wenig später folgte der nächste und gleich darauf ertönte ein mächtiger Donner. Da entdeckte die Frau, dass am anderen Ende des Dorfes riesige Flammen nach oben schossen.

Beide Blitze hatten das Wohnhaus und die Scheune des reichen und geizigen Bauern getroffen. Die Gebäude brannten bis auf die Grundmauern nieder.

Auch keines seiner Tiere konnte aus den Flammen befreit werden.

Nur der Bauer und seine Frau retteten sich in letzter Sekunde.

Der arme Nachbar und die Witwe holten das Ehepaar in ihr Haus und gaben ihnen Unterkunft und Essen. So wurde der reiche Bauer zum armen Ackersmann und er war sehr froh, dass ihm geholfen wurde. Er versprach sich zu ändern und immer hilfsbereit zu sein, was er dann auch sein Leben lang tat.

Sie bestellten alle zusammen ihre Felder, teilten die Ernte und halfen sich untereinander.

Übrigens bekam die Kuh am selben Abend, als das Gewitter tobte, ein Kälbchen. Dieses war ein Segen für die Familien, denn es brachte zehn weitere Kälber zur Welt, aus denen fleißige Milchkühe wurden. Einen Teil der Milch verkauften sie auf dem Markt, aus dem anderen machten sie schmackhaften Käse, der ihnen auf dem Bauernmarkt regelrecht aus den Händen gerissen wurde. So hatten sie immer einige Golddukaten in ihrer gemeinsamen Schatulle. Auch heirateten beide und wurden ein glückliches Bauernpaar.

Der schlaue Bulle bekam im Stall einen Ehrenplatz und wenn er nicht gestorben ist, lebt er heute noch.

Zwei Räuber kamen schwer bepackt von einem Beutezug aus dem Königschloss zurück.

Vor ihrer Höhle schütteten sie den Raub unter einen Baum aus dem Sack und teilten alles gleichmäßig unter sich auf. Übrig blieb nur der Geburtstagsring der Königin. Jeder beanspruchte ihn für sich. Der Streit verlief immer heftiger, bis sich die Räuber zuletzt prügelten.

In den Zweigen des Baumes saß eine diebische Elster. Sie beobachtete die Prügelei und sah den Ring unbewacht am Boden liegen. Der Brillant funkelte im Sonnenschein. Schnurstracks schoss der schwarzweiße Vogel aus dem Geäst, erfasste das Kleinod mit dem Schnabel und flog davon, um den Raub im Nest in Sicherheit zu bringen.

Die beiden Räuber bekamen den Diebstahl gar nicht mit. Sie prügelten sich noch immer. Erst als sie erschöpft auf dem Boden lagen, fanden sie endlich Zeit zum Nachdenken. Der Räuber mit der roten Mütze hatte eine Idee.

„Wir laufen bis zum nächsten Dorf um die Wette. Wer gewinnt, bekommt den Ring."

Der Räuber mit der blauen Mütze war einverstanden. Sie stellten sich auf und der Blaumützige rief: „Auf die Plätze! Fertig! Los!"

Beide sausten davon. Sie waren gute Läufer. Mal führte der eine, mal der andere.

Inzwischen hatte der König den Diebstahl bemerkt und die Wachen gerufen. Sie suchten die Räuber überall, auch in dem nahe gelegenen Dorf und so kam es, dass die zwei rot- und blaubemützten Schwachköpfe den Suchenden geradewegs in die Arme liefen.

Sie wurden gefangen genommen und bei Wasser und Brot eingesperrt.

Einige Tage darauf fand ein Wandersmann die geraubten Kostbarkeiten, erfuhr, dass sie dem König gehörten, brachte sie ihm zurück und wurde reichlich beschenkt.

Die Königin aber klagte: „Wo ist mein schöner Geburtstagsring?"

Sofort ließ der König im Land verkünden: „Wer den Ring meiner Gemahlin zurückbringt, erhält eine hohe Belohnung."

Zugleich hefteten die Herolde überall Abbilder des Kleinods an, die der Hofmaler in fliegender Eile angefertigt hatte.

Die Untertanen machten sich in Scharen auf die Suche, fanden zwar die Räuberhöhle, den Ring jedoch nicht.

Nach vielen Jahren fällte ein Holzfäller, der von all dem nichts wusste, jenen Baum, in welchem die diebische Elster ihr Nest hatte. Es fiel auseinander und ein kostbarer Ring sprang dem armen Mann direkt vor die Füße, als habe er eigens auf ihn gewartet.

„Wenn ich ihn behalte, nutzt er mir nichts", dachte der Holzfäller. „Wenn ich ihn verkaufe, denkt jeder, ich hätte ihn gestohlen. Ich werde ihn der Königin zum Geschenk machen. Vielleicht springt für meine Familie etwas Gutes dabei heraus."

Gedacht – getan!

Wie freute sich die Königin, als sie ihren Geburtstagsring wiedererkannte.

Der König belohnte den Holzfäller mit einem wunderschönen Waldhaus und ernannte ihn zu seinem Forstmeister.

Die beiden Räuber aber saßen so lange im Gefängnis, dass die rote Mütze des einen und die blaue Mütze des anderen darüber grau wurden.

Die Elster dagegen baute sich ein neues Nest und suchte weiter nach Glitzerkram, denn sie konnte nun einmal das Stehlen nicht lassen.